Holly Jackson

Kill Joy

Weitere Titel der Autorin:

A Good Girl's Guide to Murder (Band 1)
Good Girl, Bad Blood (Band 2)
As Good as Dead (Band 3)

Five Survive

HOLLY JACKSON

Übersetzung aus dem Englischen von
Cherokee Moon Agnew

one

Die Bastei Lübbe AG verfolgt eine nachhaltige Buchproduktion. Wir verwenden Papiere aus nachhaltiger Forstwirtschaft und verzichten darauf, Bücher einzeln in Folie zu verpacken. Wir stellen unsere Bücher in Deutschland und Europa (EU) her und arbeiten mit den Druckereien kontinuierlich an einer positiven Ökobilanz.

Für die Originalausgabe:
Originally published in English by Farshore,
an imprint of HarperCollins Publishers Ltd, The News Building, 1
London Bridge St, London, SE1 9GF under the title:
»KILL JOY«

Illustrationen zur Verfügung gestellt von HarperCollins Publishers Limited.

Für die deutschsprachige Ausgabe:

Schanzenstraße 6–20, 51063 Köln, Deutschland
Bei Fragen zur Produktsicherheit wenden Sie sich bitte an:
produktsicherheit@bastei-luebbe.de

Textredaktion: Elena Bruns, Lingen
Umschlaggestaltung: Umschlaggestaltung: Tanja Østlyngen
unter Verwendung von Illustrations provided
by HarperCollins Publishers Limited
Satz: hanseatenSatz-bremen, Bremen
Gesetzt aus der Adobe Caslon Pro
Druck und Verarbeitung: GGP Media GmbH

Printed in Germany
ISBN 978-3-414-0205-8

5 4

Sie finden uns im Internet unter one-verlag.de
Bitte beachten Sie auch luebbe.de

Liebe Celia Bourne (aka Pip Fitz-Amobi),

anlässlich meines vierundsiebzigsten Geburtstags lade ich dich herzlich dazu ein, mit mir zu speisen. Die gesamte Familie wird übers Wochenende da sein, und ich erwarte, dass du ebenfalls anwesend sein wirst. Es wird ein unvergesslicher Abend.

Wo: auf meinem Anwesen Remy Manor auf Joy, meiner Privatinsel an der Westküste Schottlands. Bitte bedenke, dass das Boot vom Festland aus nur einmal pro Tag ablegt – und zwar um Punkt zwölf. Die Überfahrt dauert zwei Stunden.
(Aber eigentlich findet das Ganze nur bei Connor zu Hause statt.)

Wann: dieses Wochenende. (Kommenden Samstag um 19:30 Uhr.)

Hochachtungsvoll

Reginald Remy
(Aber eigentlich ist die Einladung von mir, Connor.)

Bitte öffne den Umschlag für weitere Informationen.

KILL JOY GAMES™

Dein Charakter:

Bei diesem Krimidinner übernimmst du die Rolle der:

Celia Bourne

Du bist die neunundzwanzigjährige Nichte von Reginald Remy, dem Patriarchen der Remy-Familie und Besitzer der Remy-Hotels sowie des Spielcasino-Imperiums in London. Du bist eine Waise. Deine Eltern sind verstorben, als du noch klein warst, und du hast nie wirklich zu den Remys gehört, obwohl sie deine einzigen lebenden Verwandten sind. Das und die Tatsache, dass dir der überaus gut betuchte Reginald Remy nie seine finanzielle Unterstützung angeboten hat, haben dich im Laufe der Jahre ganz schön verbittert. Derzeit arbeitest du als Gouvernante für eine wohlhabende Familie in London.

Kostümvorschlag

Mach dich bereit für eine Zeitreise zurück ins Jahr **1924** und die Roaring Twenties. Ein Abendkleid mit tiefsitzender Taille wäre angemessen. Dazu Accessoires wie Kopfschmuck und eine Federboa.

Kill Joy Games™

Weitere Charaktere:

1. **Robert »Bobby« Remy**

   Reginald Remys ältester Sohn. Gespielt von: Ant Lowe

2. **Ralph Remy**

   Reginald Remys jüngster Sohn. Gespielt von: Zach Chen

3. **Lizzie Remy**

   Ralph Remys Frau. Gespielt von: Lauren Gibson

4. **Humphrey Todd**

   Der Butler auf Remy Manor. Gespielt von: mir, Connor Reynolds

5. **Dora Key**

   Die Köchin auf Remy Manor. Gespielt von: Cara Ward

Freut euch auf einen unvergesslichen Abend voller Mord und Mystery.

Kill Joy Games™

Kapitel 1

Das Rot auf ihrem Daumen drückte sich in die Kerben und Linien ihrer Haut. Pip musterte es wie ein Labyrinth. Es könnte auch Blut sein, wenn sie die Augen zusammenkniff. Es war keins, aber sie konnte es sich einbilden. Es war Ruby Woo, der rote Lippenstift, auf den ihre Mum bestanden hatte, um den Zwanzigerjahre-Look »perfekt zu machen«. Pip vergaß ihn immer wieder und fasste sich unabsichtlich an den Mund. Auf ihrem kleinen Finger war auch ein Fleck. Überall Blutspuren, die sich von ihrer blassen Haut abhoben.

Sie erreichten das Haus der Reynolds. Pip fand schon immer, dass es aussah wie ein Gesicht mit Fenstern, die auf sie herunterstarrten.

»Wir sind da, Pickle«, verkündete ihr Dad unnötigerweise vom Fahrersitz und drehte sich zu ihr um. Das breite Grinsen durchzog seine schwarze Haut mit feinen Lachfältchen. Den graumelierten Bart wollte er diesen Sommer »mal ausprobieren« – sehr zum Missfallen ihrer Mutter. »Viel Spaß heute Abend. Es wird bestimmt zum *Sterben* schön.«

Pip stöhnte. Wie lange er wohl an diesem Spruch gefeilt hatte? Zach neben ihr lachte höflich. Er war ihr Nachbar. Da die Chens nur vier Türen weiter wohnten, fuhren sie ständig beieinander mit. Pip war vor Kurzem siebzehn geworden und hatte jetzt ihr eigenes Auto, doch ausgerechnet dieses Wochenende war es in der Werkstatt. Fast, als hätte ihr Dad es so geplant, um sie mit seinen schlechten Mordwitzen zu quälen.

»Kommt noch einer?«, fragte Pip und wickelte die schwarze Federboa um ihre Arme, die dadurch nur noch blasser wirkten.

»Oh, wenn Blicke töten könnten«, erwiderte ihr Dad ein wenig zu dramatisch.

Ihm fiel immer ein weiterer Spruch ein. »Okay. Tschüss, Dad«, sagte sie und stieg aus dem Wagen. Zach tat es ihr auf der anderen Seite gleich und bedankte sich bei Mr Amobi fürs Mitnehmen.

»Viel Spaß!«, rief ihr Dad. »Ihr seht aus, als hättet ihr die Lizenz zum Töten!«

Und noch einer. Doch leider konnte Pip nicht anders, als über diesen ausnahmsweise zu lachen.

»Oh, und Pip«, sagte ihr Dad und schlüpfte nun aus seiner Rolle. »Caras Vater nimmt dich später mit. Könntest du dann kurz mit dem Hund raus, falls wir noch nicht vom Kino zurück sind?«

»Ja, ja.« Sie winkte ab und ging mit Zach an ihrer Seite zur Haustür. Er sah ganz schön lächerlich aus: ein rotes Jackett mit dunkelblauen Streifen, eine weiße Hose, eine schwarze Fliege zum weißen Hemd und auf dem glatten dunklen Haar ein Strohhut. Dazu ein kleines Namensschild, auf dem *Ralph Remy* geschrieben stand.

»Bereit, Ralph?«, fragte sie und drückte auf die Klingel.

Und gleich noch mal. Sie wollte die Sache so schnell wie möglich hinter sich bringen. Ja, sie hatte sich seit Wochen nicht mehr mit ihren Freundinnen und Freunden getroffen, und vielleicht würde es ja *tatsächlich* lustig werden. Aber zu Hause wartete Arbeit auf sie. Und *Spaß* war nichts als reine Zeitverschwendung. Aber sie konnte wenigstens so tun, als hätte sie welchen. Und so zu tun als ob war keine Lüge.

»Nach dir, Celia Bourne.« An seinem Grinsen erkannte sie, dass Zach sich auf den Abend freute. Vielleicht sollte sie sich ein wenig mehr Mühe geben und ebenfalls ein Lächeln aufsetzen.

Connor öffnete die Tür, auch wenn er überhaupt nicht mehr aussah wie Connor Reynolds. Er hatte sich irgendein farbiges Wachs in das sonst blonde Haar geschmiert. Nun war es grau und ordentlich nach hinten geschleimt. Seine Augen waren von braunen krakeligen Linien umgeben – ein eher missglückter Versuch, sich Falten ins Gesicht zu malen. Er trug einen schwarzen Smoking – den musste er sich von seinem Dad geborgt haben –, dazu eine weiße Weste und eine passende Fliege. Über seinem Unterarm lag ein gefaltetes Geschirrtuch.

»Guten Abend.« Connor verbeugte sich so tief, dass sich ein paar graue Strähnen lösten und nach vorn fielen. »Willkommen zurück auf Remy Manor. Ich bin der Butler, Humphrey Todd«, sagte er mit Betonung auf »Hump«.

Es folgte ein Quietschen, als Lauren hinter Connor auftauchte. Sie trug ein rotes Flapper-Kleid, dessen Fransen ihr bis zu den Knien reichten. Ein Glockenhut verbarg den Großteil ihres roten Haars, und um ihren Hals hing eine Perlenkette, die gegen ihr *Lizzie Remy*-Schild klapperte. »Ist das etwa mein Ehemann?«, rief sie, stürmte auf Zach zu und zog den armen Kerl hinter sich her ins Haus.

»Wie ich sehe, sind alle schon viel zu aufgekratzt«, bemerkte Pip und folgte Connor den Flur hinunter.

»Wie gut, dass du jetzt hier bist, um uns alle wieder ein bisschen runterzubringen«, neckte er sie.

Sie gab sich mehr Mühe und lächelte noch breiter. »Sind deine Eltern auch da?«, fragte sie.

»Nein, sie sind übers Wochenende weg. Und Jamie ist auch unterwegs. Wir haben also das ganze Haus für uns.«

Connors Bruder Jamie war sechs Jahre älter als sie, doch seit er die Uni hingeschmissen hatte, lebte er wieder zu Hause. Pip erinnerte sich daran, als es passiert war. Wie angespannt die Atmosphäre im Haus der Reynolds gewesen war. Wie sie alle gelernt hatten, einen großen Bogen um das Thema zu machen, bis es schließlich komplett totgeschwiegen wurde.

Sie erreichten die Küche, in die Lauren auch Zach verschleppt hatte und ihm nun einen Drink reichte. Cara und Ant waren auch da, beide mit einem Glas Rotwein in den Händen. Eine Steigerung, wenn man bedachte, was sie sonst mit unbewachten Minibars anstellten.

»Allo, Madam Pip«, grinste Cara, Pips beste Freundin, mit einem fürchterlichen Cockney-Akzent, schnappte sich Pips Federboa und wedelte damit gegen ihr reichlich verziertes smaragdgrünes Kleid. Pip vermisste schon jetzt ihre Latzhose. »Wie schick.«

»Poundland«, entgegnete Pip knapp. Die Erinnerung an das Gedränge in dem 1-Pfund-Laden ließ sie kurz das Gesicht verziehen. Dann musterte sie Caras Kostüm.

Cara trug ein schäbiges schwarzes Kleid, hatte sich eine lange weiße Kochschürze umgebunden, und ihr Haar wurde von einem grauen Tuch bedeckt. Auch sie hatte sich Falten ins Gesicht gemalt, wenn auch subtiler und besser als Connor. »Wie alt soll dein Charakter denn sein?«, wollte Pip wissen.

»Oh, uralt«, erwiderte Cara. »Sechsundfünfzig.«

»Du siehst eher aus wie sechsundachtzig.«

Ant schnaubte, und Pip wandte sich ihm zu. Von allen sah er am merkwürdigsten aus. Er trug einen Nadelstreifenanzug, der für seine schmächtige Gestalt viel zu groß war, eine glänzende weiße Krawatte und eine schwarze Melone. Zu allem Überfluss hatte er sich auch noch einen riesigen Schnurrbart angeklebt.

»Auf die Freiheit und den Sommer!«, rief Ant, erhob sein Weinglas und trank einen Schluck. Der Bart tauchte in die Flüssigkeit ein, und Tropfen blieben daran hängen, als er wieder aus dem Glas auftauchte.

Mit »Freiheit« meinte er, dass sie gerade ihre AS-Level-Prüfungen hinter sich gebracht hatten, es Ende Juni war und sie sich heute zum ersten Mal seit Langem wieder zu sechst trafen – und das, obwohl sie in derselben Stadt lebten und auf dieselbe Schule gingen.

»Nun ja«, sagte Pip, »nur, dass noch nicht wirklich Sommer ist, weil wir noch einen Monat zur Schule gehen müssen. Außerdem müssen wir bald unsere Vorschläge für die Projektarbeit einreichen.« Okay, vielleicht brauchte sie doch ein bisschen mehr Übung im *So tun, als ob*. Sie konnte nichts dagegen machen. Seit sie vorhin das Haus verlassen hatte, nagte das schlechte Gewissen an ihr und erinnerte sie daran, dass sie noch dieses Wochenende mit dem Projekt anfangen sollte, auch wenn sie erst gestern ihre letzte Klausur geschrieben hatte. Pip Fitz-Amobi mochte keine Pausen, und »Freiheit« hatte für sie nichts Befreiendes an sich.

»Oh mein Gott, nimmst du dir auch mal einen Abend frei?«, stöhnte Lauren, die, ohne aufzublicken, auf ihrem Handy herumtippte.

»Wir können dir Hausaufgaben geben, wenn es dir dann besser geht«, warf Ant ein.

»Wahrscheinlich hast du sowieso schon ein Thema für die EPQ«, spielte Cara auf die Erweiterte Projektqualifikation an, die sie im kommenden Schuljahr schreiben sollten, und vergaß dabei vollkommen ihren falschen Akzent.

»Nein, habe ich nicht«, erwiderte Pip. Und genau das war das Problem.

»Fuck!«, rief Ant gespielt schockiert. »Geht es dir gut? Sollen wir dir einen Krankenwagen rufen?«

Pip hob den Mittelfinger und steckte ihn in Ants angeklebten flauschigen Bart.

»Keiner fasst hier meinen Bart an«, fauchte er und wich

zurück. »Der ist heilig. Außerdem habe ich Angst, dass sonst mein richtiger Bart untendrunter zum Vorschein kommt.«

»Als würde dir ein richtiger Bart wachsen«, schnaubte Lauren, die Augen immer noch auf ihr Handy gerichtet. Ant und sie hatten letztes Jahr eine kurze Romanze gehabt, die von Anfang an dem Untergang geweiht war und aus ungefähr vier betrunkenen Küssen bestanden hatte. Jetzt konnten sie von Glück reden, wenn sie Lauren auch nur eine Sekunde von ihrem neuen Freund, Tom, dem sie mit Sicherheit gerade schrieb, fortzerren konnten.

»In Ordnung, Ladys und Gentlemen.« Connor räusperte sich, griff nach einer weiteren Weinflasche und einer Cola für Pip. »Wenn Sie mir nun in den Speisesaal folgen würden.«

»Ich auch, obwohl ich nur die Köchin bin?«, fragte Cara.

»Du auch.« Lächelnd führte Connor sie über den Flur ins Esszimmer im hinteren Teil des Hauses. Sie war immer noch da, die Macke im Türrahmen, von damals, als sie zwölf Jahre alt gewesen waren und Connor mit seinem Skateboard dagegengeknallt war. Pip hatte ihm gesagt, er solle es lassen, aber auf sie hörte sowieso nie jemand.

Als Connor die Zimmertür öffnete, verwandelten sich die gedämpften, quietschenden Geräusche von drinnen in Jazzmusik, die aus der Alexa in der Ecke des Raums kam. Connor hatte den Esstisch ausgezogen und eine weiße Tischdecke, in der noch die Faltkanten zu sehen waren, darüber ausgebreitet, darauf standen drei lange Kerzen, deren rotes Wachs an den Seiten heruntertropfte.

Der Tisch war bereits eingedeckt: Teller, Weingläser, Messer, Gabeln. Alles lag bereit. Und auf jedem Teller stand ein kleines Namensschild. Pips Augen suchten nach *Celia Bourne*. Sie saß zwischen *Dora Key* – Cara – und *Humphrey Todd* – Connor, direkt gegenüber von Ant.

»Was gibt's zu essen?«, fragte Zach und strich mit den Fingerspitzen über seinen leeren Teller, nachdem er auf der anderen Seite des Tisches Platz genommen hatte.

»Oh, richtig«, warf Cara ein. »Was habe ich, die Köchin, zum Abendessen zubereitet, mein liebster Butler?«

Connor grinste. »Ich wette, du hast heute Abend Domino's Pizza zubereitet, nachdem du gemerkt hast, dass es viel zu viel Aufwand ist, für so viele Leute zu kochen *und* ein Krimidinner auszurichten.«

»Ah, Pizza bestellen, meine leichteste Übung«, erwiderte Cara und richtete den schweren Stoff ihres Kleids, damit sie sich setzen konnte.

Pip nahm ebenfalls Platz. Ihr Blick fiel auf das Heftchen neben ihrem Teller, auf dem *Kill Joy Games – Mord auf Remy Manor* geschrieben stand. Und darunter las sie ihren Namen: *Celia Bourne*.

»Keiner fasst sein Heft an«, befahl Connor, und Pip zog hastig die Hand zurück.

Connor stellte sich vor die großen Fenster. Draußen war es immer noch hell, auch wenn der Himmel eine merkwürdige rosagraue Färbung angenommen hatte und sich riesige Wolken auftürmten, um den Abendhimmel zu erobern. Der

Wind war auch stärker geworden, brachte die Bäume am Ende des Gartens zum Tanzen und füllte die Lücken in der Musik mit seinem Heulen.

»Nun, das Wichtigste zuerst«, verkündete Connor und hielt eine Tupperdose in die Höhe. »Her mit den Handys.«

»Moment mal, was?!« Lauren blickte entsetzt drein.

»Ganz richtig gehört«, erwiderte Connor, schüttelte die Dose und hielt sie Zach hin, der sein Handy, ohne zu zögern, hineinlegte. »Wir schreiben das Jahr 1924. Wir haben keine Handys. Außerdem sollen sich alle auf das Spiel konzentrieren.«

Ant legte seins ebenfalls hinein. »Genau«, pflichtete er Connor bei. »Außerdem würdest du sowieso die ganze Zeit deinem Freund schreiben.«

»Stimmt doch gar nicht!«, widersprach Lauren und gab ihr Smartphone schmollend ab.

Der Rest von ihnen sagte nichts, denn sie dachten alle das Gleiche. Und während sie schwiegen, hätte Pip schwören können, dass sie von oben etwas hörte. So etwas wie schlurfende Schritte. Aber nein, das konnte nicht sein. Außer ihnen war niemand da, hatte Connor gesagt. Sie musste es sich eingebildet haben. Vielleicht war es nur der Wind gewesen.

Pip nahm ihr Smartphone und das von Cara und legte sie in die Plastikbox auf die anderen.

»Vielen Dank«, sagte Connor und verbeugte sich butlermäßig. Er trug die Tupperdose zum Schrank auf der anderen Seite des Raums, zog mit einer übertriebenen Geste eine Schublade auf und verschloss sie mit einem kleinen Schlüssel. Dann zog er den Schlüssel ab und legte ihn auf die Heizung. Pip erwischte Lauren dabei, wie sie ihn beäugte.

»Gut. Ab jetzt müssen alle die ganze Zeit in ihren Rollen bleiben«, erklärte Connor und richtete seine Worte an den kichernden Ant.

»Jo, ich bin's, Bobby«, grinste Ant, legte Zach einen Arm um die Schultern und fügte hinzu: »Ich und mein Bro.«

Pip musterte die beiden. Sie waren ihre Cousins, Ralph und Bobby Remy. Uff, die verwöhnten Schnösel.

»Ausgezeichnet, Sir«, erwiderte Connor. »Aber ist es nicht seltsam, dass wir uns alle hier eingefunden haben, um gemeinsam Reginald Remys vierundsiebzigsten Geburtstag zu feiern, er aber bisher nicht erschienen ist?« Er hielt inne und sah sie der Reihe nach an.

»Ja, ähm, äußerst seltsam«, bestätigte Cara.

»Das sieht meinem Onkel gar nicht ähnlich«, fügte Pip hinzu.

Zach nickte. »Vater ist niemals zu spät.«

Connor lächelte zufrieden. »Nun, er muss hier irgendwo sein. Wir sollten besser nach ihm sehen.«

Sie alle beobachteten ihn intensiv.

»Ich habe gesagt, wir sollten besser nach ihm sehen«, wiederholte Connor.

»Oh, du meinst, wir sollen *tatsächlich* nach ihm suchen?«, fragte Lauren.

»Ja, er muss irgendwo sein. Teilen wir uns auf und suchen nach ihm.«

Pip sprang auf und verließ gemeinsam mit den anderen den Raum. Nun, offensichtlich war Reginald Remy gerade ermordet worden. Schließlich war das hier ein Krimidinner. Aber wonach suchten sie genau? Nach einem Foto des Verstorbenen oder so etwas?

Sie gingen am Schrank im Flur vorbei, an dem ein Zettel hing. Darauf stand *Billardzimmer* geschrieben.

Zach öffnete die Schranktüren und warf einen Blick hinein. »Also, im Billardzimmer ist er nicht«, bemerkte er. »Und einen Billardtisch gibt es hier auch nicht.«

Cara und Ant sprinteten um die Wette zur Wohnzimmertür, die mit *Bibliothek* beschriftet war. Doch Pips Füße lenkten sie in die andere Richtung, zur Treppe. Zach folgte ihr auf den Fersen. Wenn sie tatsächlich etwas gehört hatte, musste es von über dem Esszimmer gekommen sein. Aber was könnte es gewesen sein? Sie waren hier allein.

Zach und Pip stiegen die Treppe hoch, doch oben angekommen, trennten sie sich. Zögerlich ging Zach auf Connors Zimmer zu, während Pip sich in die entgegengesetzte Richtung wandte. Zu dem Raum, der sich direkt über dem Esszimmer befand. Sie wusste, dass dieser Raum das Büro von Connors Dad war, doch heute Abend war es *Reginald Remys Studierzimmer*.

Die Tür quietschte, als sie sie aufstieß. Es war dunkel hier drin, die Jalousien sperrten auch noch das restliche Tageslicht aus. Langsam gewöhnten sich ihre Augen an den Raum voller unförmiger Schatten. Sie war noch nie hier drin gewesen, und sie spürte, wie ihr ein unbehagliches Gefühl den Nacken emporkroch. Durfte sie überhaupt hier drin sein?

Pip erkannte die klobige Form eines Schreibtisches an der gegenüberliegenden Wand. Und etwas, das wohl ein Bürostuhl sein musste. Aber irgendetwas stimmte nicht. Der Stuhl stand falsch herum. War vom Schreibtisch weggedreht und ihr zugewandt. Und ein Schatten unterbrach den deutlichen Umriss. Da war irgendetwas auf diesem Stuhl. Oder jemand.

Pip spürte, wie sich ihr Herzschlag beschleunigte, während ihre Finger nach dem Lichtschalter tasteten. Sie fand ihn – und dann verschlug es ihr den Atem.

Das gelbe Licht erwachte flackernd und verscheuchte die Schatten. Pip hatte recht gehabt: Da saß jemand zusammengesackt auf dem Stuhl. Doch dann rutschte ihr das Herz in die Hose, und sie sah nur noch Blut.

So viel Blut.

Kapitel 2

Es war Jamie, Connors älterer Bruder.

Er bewegte sich nicht.

Seine Augen waren geschlossen, und sein Kopf war in einem merkwürdigen Winkel auf seine Schulter gefallen. Die gesamte Vorderseite seines einst weißen Hemds war in Blut getränkt. Es glänzte im Licht. Wütend und rot.

Ihr Gehirn stellte jegliche Aktivität ein, leerte sich und füllte sich mit dem Blut.

»J-Ja…«, setzte Pip an, doch der Name blieb ihr im Hals stecken, während sie Jamie anstarrte. Moment … Vielleicht bewegte er sich *doch*. Es sah aus, als würde er zittern. Als würde seine Brust beben.

Pip machte einen Schritt nach vorn. Ihre Augen spielten ihr keinen Streich. Er zitterte tatsächlich, dessen war sie sich sicher. Zitterte oder ruckelte oder …

… lachte. Er lachte. Versuchte, sich zusammenzureißen. Da schlug er die Augen auf und sah sie an.

»Jamie«, sagte sie genervt. Genervt von ihm und von sich selbst. Natürlich war das nur Teil des Spiels. Das hätte sie sofort wissen müssen.

»Sorry, Pip.« Jamie kicherte. »Sieht ganz gut aus, oder? Ich sehe supertot aus.«

»Ja, supertot«, wiederholte sie und atmete tief durch, um die Anspannung in ihrer Brust zu lösen. Und jetzt, da sie näher bei ihm stand, war das Kunstblut ein wenig *zu* rot. Wie der Lippenstift an ihren Fingern.

»Dann musst du wohl Reginald Remy sein«, stellte sie fest.

»Sorry, ich darf dir nicht antworten. Dafür bin ich viel zu tot«, entgegnete Jamie und richtete den leuchtend lilafarbenen Morgenrock, den er über seinem Hemd trug. »Oh Scheiße, sie kommen.« Er ließ den Kopf in den Nacken fallen und schloss die Augen, während Pip hörte, wie die anderen die Treppe hochpolterten.

»Celia, wo bist du?«, rief Cara mit ihrem Cockney-Akzent.

»Hier drin!«, antwortete Pip.

Zach war der Erste, der hereinstürmte. Als er Jamie entdeckte, grinste er. »Kurz dachte ich, es wäre echt.«

Lauren schnappte nach Luft, während die anderen hinter ihr nach und nach in den Raum polterten. »Das ist ja widerlich«, bemerkte sie. »Du hast gesagt, außer uns wäre keiner hier, Connor.«

»Grundgütiger!«, stieß Connor hervor. »Es sieht ganz so aus, als wäre Reginald Remy ermordet worden!«

»Ja, das haben wir inzwischen kapiert. Danke, Connor«, sagte Cara.

»Für dich immer noch *Humphrey*«, schimpfte er.

Es folgte Schweigen, während sie Connor erwartungsvoll anstarrten. Und dann räusperte sich die Leiche.

»Was ist?« Connor wandte sich seinem Bruder zu.

»Dein Text, Con«, raunte der Tote und versuchte, sich so wenig wie nur möglich zu bewegen.

»Ach ja, richtig. Alle zurück ins Esszimmer«, verkündete Connor. »Ich rufe sofort Scotland Yard … Oh, und bestelle Pizza.«

Alle saßen nun wieder auf ihren zugewiesenen Plätzen, und Pip musste dem Drang widerstehen, einen Blick in das Heftchen zu werfen. Es vergingen ein paar Minuten, bevor Jamie ins Zimmer schlenderte. Nur, dass er jetzt nicht mehr der ermordete Reginald Remy war. Er hatte das blutige weiße Hemd gegen ein sauberes schwarzes getauscht. Und auf seinem Kopf saß ein altmodischer Polizeihelm aus Plastik. Er und Connor sahen sich unheimlich ähnlich, selbst für Brüder: blond und sommersprossig. Obwohl Connor ein wenig hagerer und kantiger war und Jamies Haar mehr ins Braune ging. Jamie hatte angeboten, das Krimidinner zu moderieren, damit Connor auch mitspielen konnte.

»Hallo, hallo, hallo«, begrüßte Jamie sie nun alle am Kopfende des Tischs stehend und musterte sie mit prüfendem Blick. In seiner Hand hielt er eine etwas dickere Kill-Joy-Games-Broschüre. »Mein Name ist Inspector Howard Whey, und ich komme von Scotland Yard. Wie ich gehört habe, hat sich hier ein Mord zugetragen.«

»Sal Singh war es!«, rief Ant unvermittelt und sah sich um. Anscheinend erwartete er, dass die anderen lachten.

Stille legte sich über den Tisch.

In ihrer kleinen Stadt Little Kilton hatte sich tatsächlich ein Mord – ein richtiger Mord – ereignet. Vor gerade einmal fünf Jahren. Andie Bell, die so alt gewesen war wie Pip jetzt, war von ihrem Freund Sal Singh, der sich nur wenige Tage darauf umgebracht hatte, ermordet worden. Der Fall war für die Polizei schnell erledigt gewesen. Mord mit anschließendem Selbstmord. Alles in Little Kilton erinnerte daran, was geschehen war: die Schule, auf die sowohl Andie als auch Sal gegangen waren, das Wäldchen in der Nähe von Pips Haus, in dem man Sals Leiche gefunden hatte, die Parkbank, die man Andie gewidmet hatte, die Bells und die Singhs, die immer noch hier lebten.

Es war beinahe so, als würde sich die gesamte Stadt über den Mord an Andie Bell definieren, denn beides wurde für gewöhnlich in einem Atemzug genannt, war untrennbar miteinander verbunden. Manchmal vergaß Pip sogar, wie unnormal es eigentlich war, dass in ihrer Mitte etwas so Schreckliches passiert war. Manche waren davon noch stärker betroffen als andere. Caras große Schwester Naomi war Sals beste Freundin gewesen. Daher hatte auch Pip ihn gekannt, und er war immer so nett zu ihr gewesen. Sie wollte es nicht glauben. Aber wie gesagt: Der Fall war eine klare Sache. Er hatte es getan. Anders war es gar nicht möglich.

Pip blickte hoch zu Jamie und sah in seinen Augen so etwas wie Entsetzen aufblitzen. Jamie war im gleichen Jahrgang gewesen, hatte dieselben Kurse wie Andie besucht.

»Halt's Maul, Ant«, sagte Cara ernst. Von Dora Key, der Köchin, war nun nichts mehr übrig.

»Jawohl«, stimmte Jamie zu und fing sich wieder. »Typisch Bobby Remy. Stört immer und versucht, die ganze Aufmerksamkeit auf sich zu ziehen. Wie ich schon sagte«, überspielte er die merkwürdige Stimmung, »hat es einen Mord gegeben. Reginald Remy ist tot, und da ihr die Einzigen hier auf der Privatinsel Joy seid und am Tag nur ein einziges Boot anlegt, muss jemand von euch ihn getötet haben!«

Misstrauisch beäugten sie einander, und Pip fiel auf, dass Cara Ants Blick mied.

»Aber gemeinsam können wir das Rätsel lösen und den Mörder oder die Mörderin zur Rechenschaft ziehen«, fuhr Jamie aus seiner Broschüre ablesend fort. »Hier.« Er hielt eine Tesco-Tüte in die Höhe. »Ihr bekommt alle einen Notizblock und einen Stift, damit ihr Hinweise und Theorien aufschreiben könnt.« Jamie bat Connor, sie zu verteilen, und als Humphrey, der Butler, erfüllte er die Aufgabe nur zu gern.

Ohne Zeit zu verlieren, schrieb Pip ihren Namen auf die erste Seite des Blocks und begann sich Notizen zu machen. Nicht, dass es sie sonderlich kümmerte – schließlich war es nur ein Spiel –, aber sie hasste den Anblick eines unbenutzten Notizblocks.

»Wie wäre es, wenn wir zuerst reihum gehen und uns einander vorstellen?«, fragte Jamie. »Ihr kennt euch sicherlich schon gut genug, aber ich wüsste gern ein bisschen mehr über die Verdächtigen. Fangen wir mit Ihnen an, Bobby«, sagte er und nickte Ant zu.

»Ja, okay.« Ant stand auf. »Hallo zusammen, mein Name ist Robert ›Bobby‹ Remy. Ich bin neununddreißig Jahre alt und der älteste Sohn von Reginald Remy. Und«, betonte er mit einem frechen Blick in Zachs Richtung, »sein Lieblingssohn. Früher habe ich für die Remy-Hotels und das Casinoimperium gearbeitet, und eigentlich sollte ich einmal alles von meinem Vater erben, jedoch habe ich vor ein paar Jahren gemerkt, dass harte Arbeit nicht mein Ding ist. Seither lasse ich es in London eben locker angehen. Zum Glück bezahlt mir mein Vater immer noch ein Taschengeld. Bezahlte, meine ich. Ach, mein armer Vater. Wer tut so etwas nur?« Dramatisch fasste er sich an die Brust.

»Okay, der Nächste«, übernahm Jamie wieder und deutete auf Zach.

»Hallo zusammen«, sagte Zach, erhob sich und nickte den anderen Gästen unbeholfen zu. »Ich bin Ralph Remy, Reginald Remys jüngerer Sohn. Sechsunddreißig Jahre alt. Ich arbeite für die Remy-Hotels und -Casinos, und die letzten Jahre hat mich mein Vater auf die Übernahme vorbereitet. Er war schon seit einiger Zeit in Rente, traf aber immer noch die wichtigsten Entscheidungen. Wir waren ein gutes Team. Ähm … oh«, sagte er und deutete auf Lauren zwei Stühle weiter. »Das ist meine reizende Frau Lizzie. Wir sind seit vier Jahren glücklich verheiratet.« Er tätschelte Lauren linkisch die Schulter und setzte sich wieder auf seinen Platz.

»Ich jetzt?« Lauren war als Nächstes dran und stand auf. »Ich bin Lizzie Remy, geborene Tasker, zweiunddreißig Jahre alt. Ich bin Reginalds Schwiegertochter, verheiratet mit Ralph. Ja, sehr glücklich, Schatz.« Sie schenkte Zach ein Lächeln. »Ich arbeite ebenfalls für das Familienunternehmen und bin die Managerin des Vorzeigecasinos in London. Manche von euch sind vielleicht der Meinung, dass ich nicht zur Familie gehöre, aber ich habe meinen Platz hier verdient, und das ist alles, was ich dazu zu sagen habe.«

»Okay«, sagte Pip und richtete im Aufstehen ihre Federboa. Sie kam sich ein wenig lächerlich vor, aber jetzt war sie nun mal hier, also konnte sie auch versuchen, ein wenig Spaß zu haben. Und vielleicht würde sie ja sogar für einen Moment die anstehende Projektarbeit vergessen, die zu Hause auf sie wartete. Verdammt, jetzt dachte sie wieder daran. »Ich bin Celia Bourne, neunundzwanzig Jahre alt. Reginald Remy war mein Onkel. Meine Eltern sind auf tragische Weise ums Leben gekommen, als ich noch klein war, daher sind die Remys die einzige Familie, die ich noch habe. Obwohl man sie wahrscheinlich hin und wieder daran erinnern muss«, fügte sie mit einem scharfen Blick in Ants und Zachs Richtung hinzu. »Wie schön, dass ihr alle für das *Familien*unternehmen arbeitet. So etwas wurde mir nie angeboten. Ich arbeite derzeit als Gouvernante in London und unterrichte die Kinder einer sehr netten Familie.«

»Oh, mein Spürsinn nimmt gewisse Spannungen wahr«,

bemerkte Jamie und tippte sich an den Polizeihelm. »Und die Bediensteten?« Er wandte sich Cara und Connor zu.

»Ja, ich bin Humphrey Todd«, stellte sich Connor vor und erhob sich von seinem Stuhl. »Zweiundsechzig Jahre jung. Ich bin seit zwanzig Jahren der Butler auf Remy Manor. Es war nicht immer leicht, so abgeschieden zu leben. Ich habe eine Tochter, die ich nicht oft zu Gesicht bekomme, wissen Sie? Aber Mr Remy hat mich stets großzügig entlohnt, und ich hatte vor meinem Master immer den größten Respekt. Ich glaube sogar, dass wir im Laufe der Jahre Freunde geworden sind.«

Ant schnaubte. »Keiner freundet sich mit den *Bediensteten* an«, sagte er.

»Bobby!« Zach wandte sich ihm entsetzt zu. »Sei nicht so grausam.«

»Sehr wohl, Sir«, sagte Connor und verbeugte sich in Richtung Ant, bevor er sich wieder setzte.

»Und zu guter Letzt«, begann Cara und erhob sich. Ihr Akzent war zurückgekehrt. »Ich bin Dora Key. Und ich bin erst sechsundfünfzig, auch wenn einige von euch meinten, ich sähe aus wie sechsundachtzig.« Ein bedeutungsschwangerer Blick in Pips Richtung. »Ich bin die Köchin des Haushalts. Ich bin noch nicht sehr lange auf Remy Manor, ich wurde vor ungefähr einem halben Jahr eingestellt. Früher gab es hier mehr Bedienstete, aber nachdem die Frau des Masters gestorben war, entließ er Personal. Doch anscheinend hat er gemerkt, dass er ohne eine Köchin nicht überleben kann. Der gute alte Hump und ich halten den Laden am Laufen, auch wenn es harte Arbeit ist.«

»Exzellent«, sagte Jamie. »Nun, da wir die Vorstellungsrunde hinter uns gebracht haben, lassen Sie mich die Details des Falls erklären, die ich bisher herausgefunden habe.« Er begann, laut vorzulesen. »Alle Gäste sind gestern, am Freitag, zusammen in einem Boot vom Festland hier angekommen, um übers Wochenende auf der Insel zu bleiben. Heute Abend wurde Reginald Remy, an seinem vierundsiebzigsten Geburtstag, in seinem Studierzimmer durch einen Stich direkt ins Herz ermordet. Er muss sofort tot gewesen sein. An seinem Körper sind keine Spuren der Verteidigung zu erkennen, was bedeutet, dass Reginald die Person, die ihn getötet hat, kannte und ihr vertraute. Und es war dem Täter oder der Täterin möglich, ihm nahe zu kommen, ohne Misstrauen zu erwecken.«

Pip schrieb eifrig mit und war bereits auf der zweiten Seite.

»Als Nächstes gilt es, den Todeszeitpunkt festzulegen und Ihre Alibis anzuhören. Wenn Sie nun bitte die erste Seite Ihrer Broschüre aufschlagen würden. Aber nicht weiter.«

Pip griff nach dem Heft und legte es aufgeschlagen auf ihren Teller. Sie überflog die erste Seite und las sie erneut, stellte sicher, dass Connor und Cara nicht zu ihr herüberspickten, und setzte eine versteinerte Miene auf, um Celias Geheimnis zu verbergen.

DEIN ALIBI

Wenn du gefragt wirst, wo du zum Zeitpunkt des Mordes warst, behauptest du, du hättest ein Nickerchen gehalten. Deine Allergien haben verrückt gespielt, und du dachtest, es wäre besser, sich vor dem großen Geburtstagsdinner noch ein wenig auszuruhen.

In dieser Runde:

- Hör dir aufmerksam die Alibis der anderen Gäste an.
- Wenn Lizzie Remy ihr Alibi vorbringt, musst du deine Zweifel äußern. Weise sie darauf hin, es sei sehr merkwürdig, dass sie behauptet, sie habe zur Tatzeit ein Bad genommen, denn normalerweise hörst du in deinem Zimmer immer die Rohrleitungen, wenn jemand Badewasser einlässt, und dieses Geräusch hast du heute Abend nicht vernommen.

Kill Joy Games™

Kapitel 3

»Zuerst«, begann Jamie die Moderation der nächsten Spielrunde und setzte sich auf den Stuhl am Kopfende des Tischs, »müssen wir herausfinden, wann und von wem Reginald Remy das letzte Mal lebend gesehen wurde.«

»Oh, ich glaube, das war ich. Ich, Ralph«, erklärte Zach, warf einen Blick in seine Broschüre, blickte auf und strich mit dem Finger über den besagten Absatz. »Lizzie, Celia und ich«, abwechselnd sah er Lauren und Pip an, »haben mit meinem Vater in der Bibliothek einen Tee getrunken. Die Köchin«, ein Nicken in Caras Richtung, »hat uns Scones und Kuchen gebracht. Die Damen sind zuerst gegangen, und nachdem wir fertig waren, habe ich meinen Vater zur Haupttreppe begleitet. Er meinte, er würde nun in sein Studierzimmer gehen, um vor der Feier noch ein paar Dinge zu erledigen. Das war so gegen 17:15 Uhr.«

»Hat irgendjemand Reginald Remy danach noch gesehen?«, fragte Jamie in die Runde und tippte sich an den Polizeihelm.

Ein paar murmelten »Nein«, andere schüttelten die Köpfe oder senkten die Blicke.

»Nun gut, dann also Viertel nach fünf«, verkündete Jamie, und Pip notierte sich die Uhrzeit. »Und dann hat Pip …

sorry …«, Jamie kniff die Augen zusammen und warf einen Blick auf ihr Namensschild, »Celia die Leiche um circa 18:30 Uhr gefunden. In Spielzeit, nicht Echtzeit«, fügte er hinzu, als er Pips gerunzelte Stirn bemerkte. »Großartig, dann haben wir jetzt also unser Zeitfenster, in dem der Mord stattgefunden hat. Zwischen 17:15 Uhr und 18:30 Uhr. Also …«, er hielt inne und sah sie der Reihe nach an, »wo sind Sie alle in diesem Zeitraum von einer Stunde und fünfzehn Minuten gewesen?«

Connor war der Erste, der antwortete – als Humphrey, der Butler. »Nun, ich war hier und habe den Tisch für das Dinner eingedeckt. Der Master wollte immer, dass das Besteck zu besonderen Anlässen gründlich poliert wird.«

»Kannst du das auch beweisen?«, fragte Ant mit der Arroganz seiner Rolle, Bobby Remy.

»Der Beweis ist der Tisch, an dem Sie gerade sitzen, junger Sir«, erwiderte Connor und blickte erzürnt drein. »Wann hätte ich sonst die Zeit finden sollen, den Raum vorzubereiten?«

»Und wo warst du, Bobby?«, fragte Zach seinen Spiel-Bruder. »Du hast nicht mit uns Tee getrunken, wie du es eigentlich hättest tun sollen. Um genau zu sein, warst du den gesamten Nachmittag verschwunden.«

»In Ordnung, du Spürhund«, entgegnete Ant. »Wenn du es genau wissen willst … Ich war spazieren, um ein wenig nachzudenken. Bei den Klippen. Ich bin sicher, Ralph«, er erwiderte Zachs brüderliches Funkeln, »du verstehst, warum.«

»Aber ich habe auch eine Runde über das Anwesen gedreht«, sagte Zach. »Nachdem ich mich von Vater verabschiedet hatte, bin ich über die Südseite der Insel spaziert, um die Kalorien von den Keksen abzutrainieren und Appetit fürs Abendessen zu bekommen.«

»Ach, tatsächlich?«, fragte Cara als Dora Key, die Köchin, und stützte die Ellbogen auf den Tisch. »Wie interessant, denn ich war auch da, und ich habe dich nicht gesehen, Ralph. Ich weiß nicht genau, wie spät es war, Inspector«, sie sah Jamie an, »da die Uhr in der Küche schon seit einiger Zeit kaputt ist. Aber ich bin ziemlich sicher, dass ich zu der Zeit zum Gemüsebeet auf der Südseite der Insel gegangen bin. Und ich kann mich nicht daran erinnern, sonst noch jemanden gesehen zu haben.«

»Unsere Wege müssen sich nicht unbedingt gekreuzt haben«, erwiderte Zach über den Tisch hinweg.

»Offensichtlich nicht«, bemerkte Cara spitz. »Und was ist mit dir, Pip … Mist … Celia? Bist du *auch* über das Anwesen spaziert?«

Pip räusperte sich. »Nein, ich wünschte, ich hätte einen Spaziergang machen können. Um ehrlich zu sein, spielen meine Allergien vollkommen verrückt, seit ich auf der Insel bin, und ich wollte heute Abend in Form sein. Also habe ich mich nach dem Tee ins Bett gelegt, um mich vor dem Dinner noch ein wenig auszuruhen.«

»Wo?«, wollte Ant wissen.

»In meinem Schlafzimmer natürlich«, erwiderte sie so schnell, dass es selbst sie überraschte. War sie etwa in Verteidigungshaltung? Celia war nicht mal eine reale Person. Warum verteidigte sie sie also? Man schenkte ihr zu viel Aufmerksamkeit, sie sollte besser von sich ablenken. »Du bist verdächtig still, Lizzie. Wo warst du denn?«

»Oh.« Lauren lächelte zuckersüß. »Irgendwie habe ich es beim Tee geschafft, mich mit Marmelade zu bekleckern, also habe ich beschlossen, vor dem Dinner ein Bad zu nehmen. Da war ich also, in meinem Zimmer in der Badewanne. Hast du schon mal etwas von Baden gehört, liebste Celia?«

»Eine Stunde und fünfzehn Minuten?«, konterte Pip.

»Ich bade immer lange.«

»Hm, interessant.« Pip verzog das Gesicht. »Die Wasserrohre verlaufen direkt neben meinem Zimmer, und ich höre immer, wenn jemand Badewasser einlässt. Das macht einen ganz schönen Lärm.« Sie legte eine dramatische Pause ein und sah die anderen an. »Und heute Abend war in den Leitungen nichts zu hören.«

Cara schnappte übertrieben nach Luft.

»Ich dachte, du hättest geschlafen.« Lauren wirkte nervös. »Wie sollst du da überhaupt etwas gehört haben?«

Darauf hatte Pip keine Antwort.

»Okay, das ist äußerst interessant«, sagte Jamie und kratzte sich am Kinn. »Scheint also, als wäre jeder von Ihnen zum Zeitpunkt des Mordes allein gewesen. Was wiederum bedeutet, dass keiner von Ihnen, kein Einziger, ein Alibi hat.«

Cara schnappte erneut nach Luft, doch diesmal so heftig, dass sie husten musste. Pip klopfte ihr auf den Rücken.

»Also«, fuhr Jamie fort. »Sie alle … Moment, Connor, die Pizza hast du bestellt, oder?«

»Ja, ja«, erwiderte Connor.

»Gut, wollte nur sichergehen.« Er grinste, bevor er wieder in die Rolle des todernsten Inspector Howard Whey schlüpfte. »Also hatte jeder Einzelne von Ihnen die Möglichkeit, den Mord zu begehen. Nun frage ich mich, wer von Ihnen auch ein Motiv hatte.«

Kurz fiel sein Blick auf Pip, und sie rutschte voller Unbehagen auf ihrem Stuhl herum. Bisher wusste sie nicht viel über Celia, doch es war tatsächlich möglich, dass sie die Mörderin war.

»Es gibt da noch eine letzte Sache, die ich bei meiner ersten Untersuchung des Studierzimmers gefunden habe. Die Mordwaffe.« Jamie stützte die Ellbogen auf den Tisch und lehnte sich vor. »Sie lag neben der Leiche. Keine Fingerabdrücke. Also muss der Täter oder die Täterin entweder Handschuhe getragen oder die Waffe danach abgewischt haben. Es war ein Messer. Eins von den Küchenmessern.«

Alle Blicke richteten sich auf Cara.

»Was denn?!«, fragte sie und verschränkte die Arme vor der Brust. »Ah, ich verstehe schon, schieben wir die Schuld doch einfach auf die arme Köchin, was? Jeder hätte in die Küche kommen und sich ein Messer nehmen können.«

»Nicht, wenn du in der Küche warst«, bemerkte Zach leise und senkte den Blick. Konfrontation war nicht sein Ding, auch wenn er gar nicht Zach war.

»War ich aber nicht«, protestierte sie. »Das habe ich euch doch gesagt. Ich bin zum Gemüsebeet gegangen. Kommt mit.« Sie stand auf. »Kommt mit, habe ich gesagt. Ich kann es beweisen.«

Sie stürmte aus dem Esszimmer.

»Ich schätze, wir sollten ihr folgen«, sagte Jamie und gab den anderen ein Handzeichen.

Das musste Teil des Spiels sein, etwas, das in Caras Broschüre stand. Pips Stuhl scharrte über den Boden, als sie aufstand, mit dem Notizblock und dem Stift in der Hand aus dem Raum eilte und Cara in die Küche folgte.

»Aha«, rief Ant, als er die Küche betrat und auf den Messerblock deutete, dessen Messer an den Griffen jeweils farbig markiert waren. »Noch mehr Messer. Wie viele Morde hast du noch geplant, Dora?«

»Nun, diese hier sind viel zu modern für 1924«, bemerkte Pip.

»Wenn ihr jetzt alle mit dem Gerede aufhören würdet«, unterbrach Cara. »Irgendwo hier ist eine Notiz, die mir einer der Gäste hinterlassen hat. Das ist mein Beweis. Helft mir suchen.«

»Du meinst das hier?«, fragte Connor und zog einen Umschlag zwischen zwei Tellern auf dem Abtropfgestell hervor. Darauf stand *Hinweis #1* geschrieben.

»Ja, das ist es«, erwiderte Cara und lächelte ein wenig. »Lies es laut vor.«

Darlene,
heute Abend soll es zum Dessert einen Karottenkuchen geben. Den mag das Geburtstagskind am liebsten. Stell sicher, dass er schön saftig ist.
RR

Cara erschauderte. »Igitt, ich hasse das Wort *saftig*.«

»Wer ist Darlene?«, fragte Connor und beäugte die Überschrift.

»Nun, anscheinend kennt hier niemand meinen richtigen Namen«, schimpfte Cara. »Wegen des Dessertwunsches musste ich zum Gemüsebeet gehen, um die Karotten zu holen. Und dann habe ich den Kuchen gebacken. Er war übrigens verdammt *saftig*.«

»Die Notiz wurde mit RR unterzeichnet«, überlegte Pip laut und wandte sich Ant und Zach zu: Robert und Ralph Remy. »Einer von euch muss sie geschrieben haben.«

Zachs Gesicht war vollkommen ausdruckslos, während Ant lächelnd die Hände hob. »Okay, okay«, gab er zu. »Ich habe sie geschrieben. Ich wollte nur etwas Nettes für meinen Vater tun.«

»Zur Abwechslung«, bemerkte Zach spitz. Anscheinend fand er langsam in seine Rolle.

»Ich muss zugeben, dass mein Vater und ich uns in letzter Zeit nicht sonderlich nahegestanden haben. Es sollte nur eine nette Geste sein, nachdem wir heute Morgen eine Auseinandersetzung hatten. Aber irgendjemand hat ihn ermordet, bevor er den Karottenkuchen zu Gesicht bekommen hat.«

»Um wie viel Uhr hast du diese Notiz hinterlassen, Bobby?«, fragte Pip, achtete auf seine Augen und setzte den Stift aufs Papier. Nun, schließlich sollten ihr keine wichtigen Details entgehen, nicht wahr? Okay, es war *nur* ein Spiel, aber Pip verlor nur ungern.

»Am späten Morgen, glaube ich«, erwiderte Ant und warf einen Blick in sein Heft. »Ja, gegen elf. Die Köchin war nicht da.«

»Seht ihr? Ich hab's euch doch gesagt«, verteidigte sich Cara.

Pip wandte sich an sie. »Ich weiß nicht, ob das der richtige Zeitpunkt für ein *Ich hab's euch doch gesagt* ist.«

Caras triumphierender Gesichtsausdruck verwandelte sich in den einer Verratenen. »Was soll das heißen?«, fragte sie nun wieder mit Dora Keys Stimme.

»Bobby hat dir die Notiz um elf hinterlassen«, erklärte Pip. »Ab da hättest du jederzeit zum Gemüsebeet gehen können. Das beweist nicht, dass du zum Zeitpunkt des Mordes nicht hier warst.«

»Nennst du mich etwa eine Lügnerin?«, entrüstete sich Cara und schubste Pip leicht.

»Außerdem«, fuhr Pip fort, »heißt das, dass die Küche zu irgendeinem Zeitpunkt unbewacht war, was wiederum bedeutet, dass jeder von uns das Messer hätte klauen können.« Sogar ich, dachte sie. Nun, Celia. »Wir wissen, dass Bobby hier drin allein war, als er die Notiz hinterlassen hat. Er kann die Notiz sogar als Tarnung benutzt haben, um an die Mordwaffe zu gelangen und …«

Doch ihre Ausführungen wurden von einer lauten, blechernen Stimme unterbrochen, die durch das gesamte Haus gellte.

Dann folgte ein weiterer Schrei.

Kapitel 4

»Das ist nur die Türklingel«, beruhigte Jamie die kreischende Lauren. Sie verstummte augenblicklich und versuchte, es als Husten zu tarnen, jedoch erfolglos. »Die Pizza ist da!« Er eilte zur Haustür und dachte erst in allerletzter Sekunde daran, seinen Polizeihelm abzusetzen. Wenigstens war er nicht mehr blutverschmiert.

»Irgendjemand Texas-BBQ?«, fragte Connor wenige Minuten später und reichte Zach einen Pizzakarton über den Tisch.

»Ich bin eine verdammt gute Köchin«, bemerkte Cara mit einem Käsefaden am Kinn.

Auf Pips Teller lagen drei Pizzastücke, doch bisher hatte sie keins davon angerührt. Sie kauerte über ihrem Notizblock, notierte sich alle Alibis und ihre ersten Theorien. Bisher sah es nicht gut aus für Bobby, dachte sie mit einem verstohlenen Blick in Ants Richtung. Oder wollte das Spiel nur, dass sie das dachte? Oder lag es lediglich daran, dass Ant einfach immer nervte? Sie musste den Fall objektiv betrachten, sich selbst und ihre Gefühle aus der Gleichung herausnehmen.

»Okay«, sagte Jamie und legte eine Pizzapause ein. Der Helm saß nun schief auf seinem Kopf. »Ich bin froh zu sehen, dass dieser schreckliche Mord Ihren Appetit nicht gezügelt hat. Doch während Sie gespeist haben, habe ich den Tatort ein weiteres Mal untersucht und etwas sehr Interessantes festgestellt.«

»Was denn?«, fragte Pip fordernd und hielt den Stift bereit. Vielleicht hatte sie ja falschgelegen. Vielleicht war das Lösen von Morden gar nicht so anders als Hausaufgaben. Sie spürte, wie sie sich immer mehr hineinsteigerte und alles andere in den Hintergrund rückte. So war es auch, wenn sie einen von ihren Essays schrieb oder nachts einen kompletten True-Crime-Podcast hörte. Die Lehrerinnen und Lehrer nannten es »exzellente Konzentrationsfähigkeit«, doch ihre Mum war besorgt, dass es sich um pure Besessenheit handelte.

»Oh, oh, der Dämon ist erwacht«, raunte Cara und pikste Pip in die Rippen. Das machte sie, seit sie sechs Jahre alt waren immer, wenn Pip *zu* ernst wurde. »Denk daran, Celia. Das ist alles nur Spaß.«

»Die Bediensteten sollten keine Familienmitglieder anfassen«, bemerkte Lauren von oben herab.

»Schnauze, Lauren«, erwiderte Cara und trank einen großen Schluck Wein.

»Ich heiße Lizzie.«

»Oh, Entschuldigung. Dann eben Schnauze, Lizzie.«

»Nun.« Jamie lachte und erhob leicht die Stimme. »Bei meiner zweiten Inspektion habe ich festgestellt, dass der Tresor hinter dem Familienporträt offen steht. Und er ist … leer.«

Cara schnappte mal wieder nach Luft, und Jamie nickte ihr zustimmend zu.

»Ganz genau«, bestätigte er. »Jemand hat den Tresor aufgebrochen und den Inhalt entwendet. Ralph hat mich darüber informiert, dass sein Vater darin wichtige Dokumente und Papiere aufbewahrt hat.«

»Habe ich das?«, fragte Zach.

»Ja, hast du«, entgegnete Jamie. »Es kann vor oder nach dem Mord passiert sein, aber es könnte ein Hinweis auf ein Tatmotiv sein.« Er senkte den Blick auf sein Heft. »Aber welche Geheimnisse hat Reginald darin verwahrt? Was auch immer entwendet wurde, von einem von Ihnen, es kann sein, dass es irgendwo im Haus noch Beweismaterial gibt. Vielleicht sollten wir besser nachsehen, ob …«

Mehr musste Pip nicht hören. Sie war bereits aufgesprungen und aus dem Raum gestürmt, was die anderen zum Lachen brachte. Wohin jetzt? In der Küche waren sie gerade erst gewesen, der Beweis befand sich bestimmt woanders. In der Bibliothek? Die war schon ein paar Mal erwähnt worden.

Sie ging in Richtung Wohnzimmer. Der Zettel mit der Aufschrift *Bibliothek* flatterte an der Tür und zerrte am Klebeband. Der Wind musste durch einen schmalen, unbekannten Spalt seinen Weg ins Innere gefunden haben. Hinter sich hörte Pip, wie Cara und Lauren die Treppe hochstürmten. Waren sie auf dem Weg in Reginalds Studierzimmer? Darin war, was auch immer sie suchten, auf keinen Fall, denn daraus war es ja gestohlen worden.

Auf der Schwelle des Wohnzimmers blieb sie stehen und ließ den Blick durch den Raum schweifen. Großes Ecksofa mit Sessel. Der schwarze Bildschirm des Fernsehers an der Wand und sie als gesichtsloser Geist, der sich darin spiegelte und merkwürdig im Türrahmen hing. Über dem Kamin befand sich ein Regalbrett mit zwei Pflanzen und acht Büchern darauf. Ein wenig übertrieben, das Zimmer als Bibliothek zu bezeichnen, aber hey.

Sie betrat den Raum. Auf der Armlehne des Sofas lag eine Zeitung. Eilig sah Pip nach, doch es war kein Hinweis, sondern die Stadtzeitung, die *Kilton Mail*, aufgeschlagen bei einem Artikel über verkehrsberuhigende Maßnahmen in der High Street, geschrieben von einem gewissen Stanley Forbes. Eine packende Story.

Auf der Zeitung lag eine Rolle Klebeband. Jamie musste hier drin die Schilder für die Räume gebastelt haben.

Plötzlich erschien ein weiterer Geist auf dem schwarzen Fernsehbildschirm. Als hinter ihr eine Diele knarzte, fuhr sie vor Schreck zusammen. Ihr Kopf schnellte herum, doch es war nur Zach.

»Hast du was gefunden?«, fragte er und fummelte an seinem Strohhut herum.

»Noch nicht«, erwiderte sie.

»Es könnte in irgendetwas versteckt sein. In einem Buch oder so.« Zach ging auf das Bücherregal über dem Kamin zu. Er zog eines der Bücher heraus, blätterte es durch, schüttelte dann aber den Kopf und stellte es zurück.

Pip tat es ihm gleich und fing auf der anderen Seite der Bücherreihe an. Sie zog eine Taschenbuchausgabe von Stephen Kings *Es* hervor und blätterte sie mit dem Daumen durch. Irgendetwas fiel ihr entgegen und segelte zu Boden.

»Was ist das?«, fragte Zach.

»Oh Mist.« Pip ging in die Hocke, um es aufzuheben, und begriff schnell, was es war. »Das ist nichts. Nur ein Lesezeichen. Ups.« Schnell schob sie es irgendwo bei Seite 400 wieder hinein. Dort musste es ungefähr gewesen sein. Hoffentlich würde es keiner merken, vor allem nicht Connors Dad, der immer ziemlich furchteinflößend war.

Sie stützte eine Hand auf den Fußboden, um sich hochzudrücken und das Buch zurückzustellen, doch als sie mit dem Kamin auf Augenhöhe war, hielt sie inne. Darin lag irgendetwas. Verstreut über den dunklen Kohlen. Weiße Papierschnipsel. Und auf dem obersten stand das Wort *Hinweis*.

»Zach, ich meine, Ralph, da ist es.« Rasch sammelte Pip die Schnipsel ein und verteilte sie auf dem Fußboden. »Jemand hat versucht, es zu vernichten.«

»Was ist es?« Zach kniete sich neben sie und half ihr, auch noch die letzten Stücke aus der Feuerstelle zu fischen. Insgesamt waren es achtzehn Fetzen.

»Ich weiß noch nicht, aber auf jedem Stück steht irgendwas. Sieht aus, wie mit Schreibmaschine geschrieben. Wir müssen es wieder zusammenfügen … Oh, hey, Zach, kannst du das Klebeband vom Sofa holen?«

Er tat es, riss mit den Zähnen kleine Stücke ab und klebte sie mit einem Ende auf den Fußboden, reihte sie ordentlich für Pip auf.

Pip begann die Schnipsel zu sortieren, erhaschte Fragmente und setzte sie zu Wörtern und Sätzen zusammen. Schob sie hin und her, bis sie passten, wie ein Puzzle. Ihr fiel auf, dass sich das Wort *vermache* mehrfach wiederholte. »Sieht aus, als wäre das Reginalds Testament oder so was«, bemerkte sie und fügte einen letzten Schnipsel hinzu, um die Textreihe zu vervollständigen, während Zach die Stücke vorsichtig zusammenklebte.

Dann hörten sie etwas draußen im Flur. Schritte und Kichern. Und dann Ants Stimme:

»Inspector, ich muss ein wirklich abscheuliches Verbrechen melden: Der Butler hat mir meinen Bart geklaut!«

»Fertig«, sagte Pip und hielt das zusammengefügte Dokument, das von dem vielen Klebeband glänzte und in seiner neuen Form leicht derangiert wirkte, in die Höhe. Auf der einen Seite stand *Hinweis #2*, auf der anderen *Letzter Wille und Testament von Reginald Remy*.

»Wir sollten es den anderen zeigen«, meinte Zach und richtete sich auf.

Pip stolperte fast auf dem Weg zurück ins Esszimmer, denn sie konnte den Blick nicht von dem Papier losreißen. Hatte der alte Mistkerl ihr auch etwas hinterlassen?

»Habt ihr was gefunden?«, fragte Jamie und verspeiste sein letztes Stück Pizzarand. Als Antwort hielt Pip das Testament in die Höhe. Der Inspector rief den anderen zu, zurück ins Esszimmer zu kommen und wieder ihre Plätze einzunehmen. Ant war der Letzte, der den Raum betrat. Er hatte es geschafft, von Connor seinen Bart zurückzuerobern, auch wenn er jetzt schief auf seiner Oberlippe saß.

»Celia und Ralph haben etwas gefunden, das aus dem Tresor entwendet worden sein muss«, erklärte Jamie. »Celia, wären Sie bitte so nett und würden laut vorlesen?«

Letzter Wille und Testament
von Reginald Remy

Ich, Reginald Remy, im Vollbesitz meiner geistigen Kräfte, eröffne hiermit meinen letzten Willen und mein Testament und widerrufe das bisherige Testament mit all seinen Anhängen.

Meinem Sohn, Ralph Remy, hinterlasse ich die Remy-Hotels und -Casinos, um die die Geschäfte so zu führen, wie er es für richtig hält. Des Weiteren hinterlasse ich ihm Remy Manor auf Joy Island, das Stadthaus in London sowie zwei Millionen Pfund.

Meiner Schwiegertochter, Elizabeth Remy, vermach e ich eine Summe von 500.000 Pfund und mein Rennpferd, Blue Thunder, da ich

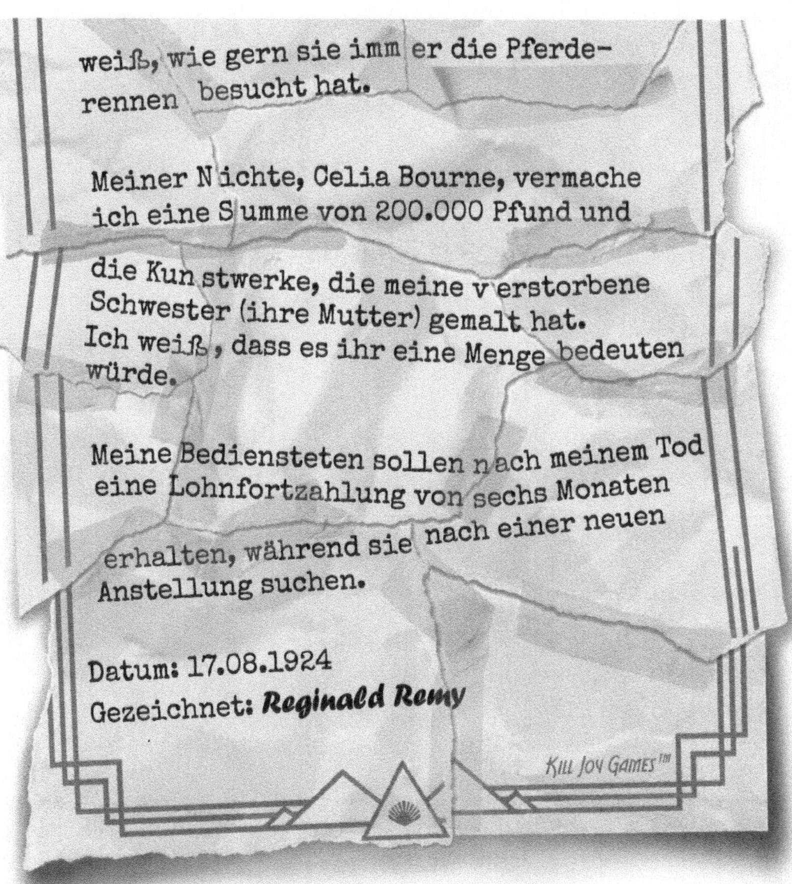
weiß, wie gern sie imm er die Pferde-
rennen besucht hat.

Meiner N ichte, Celia Bourne, vermache
ich eine S umme von 200.000 Pfund und

die Kun stwerke, die meine v erstorbene
Schwester (ihre Mutter) gemalt hat.
Ich weiß , dass es ihr eine Menge bedeuten
würde.

Meine Bediensteten sollen n ach meinem Tod
eine Lohnfortzahlung von sechs Monaten

erhalten, während sie nach einer neuen
Anstellung suchen.

Datum: 17.08.1924
Gezeichnet: Reginald Remy

Jamie war hinter Pip getreten und las das Dokument über ihre Schulter.

»Wie es scheint, wurde das Testament erst vor Kurzem verfasst. Erst letzte Woche«, bemerkte er.

Aber da war noch etwas anderes. Pip hatte es schon längst bemerkt, auch wenn sie versucht hatte, sich auf das Vorlesen zu konzentrieren. Doch ihre Augen schweiften immer wieder ab, suchten zwischen den Zeilen, als könnten sie es selbst nicht glauben.

Sie blickte auf und musterte ihre Gesichter. Hatte es sonst noch jemand bemerkt? Ant nicht, er war zu sehr damit beschäftigt, an seinem Bart herumzufummeln.

»Ist es euch auch aufgefallen?«, fragte sie in die Runde und sah sie der Reihe nach an, bis ihr Blick auf Ant landete.

»Was denn?«, fragte er.

»Robert ›Bobby‹ Remy«, erwiderte Pip und reichte Ant das Dokument. »Dein Vater hat dich aus dem Testament genommen.«

Kapitel 5

»Blödsinn. Lass mich mal sehen.« Ant riss das Testament aus Pips ausgestreckter Hand und überflog die Seite. »Dieser Drecksack«, schimpfte er. »Hat er mir denn wirklich gar nichts hinterlassen? Ich bin sein ältester Sohn. Selbst die Bediensteten kriegen was.«

»Wir haben es im Kamin gefunden«, erklärte Pip den anderen. »Jemand hat versucht, es zu vernichten. Es war in etliche Stücke gerissen.«

»Willst du damit sagen, dass ich es war?«, fragte Ant abwehrend und ließ das Blatt auf seinen leeren Teller fallen.

»Sieht nicht gut für dich aus«, bemerkte Zach.

»Warum?«, entgegnete Ant.

Die Remy-Brüder funkelten einander böse an, auch wenn Pip ihnen ansah, dass sie kurz davor waren zu grinsen und aus ihren Rollen zu fallen. Da half auch Ants schiefer Bart nichts.

»Weil«, schaltete Pip sich ein, »dein Vater erst letzte Woche ein neues Testament verfasst hat, in dem du nicht mehr erwähnt wirst. Und heute hat jemand den Tresor im Studierzimmer deines Vaters aufgebrochen und versucht, das Dokument zu vernichten, damit das alte Testament auch weiterhin gilt. Oh, und dann wurde dein Vater ermordet. Du brauchst wohl dringend Kohle, was?«

»Ich war das nicht«, widersprach Ant. »Ich habe den Tresor nicht geknackt, und ich habe auch nicht das Testament zerrissen.«

»Hmm«, machte Cara. »Klingt genau nach dem, was ein Mörder behaupten würde.«

»Und meintest du nicht, ihr hättet heute Morgen eine hitzige Unterhaltung geführt?«, wandte Pip sich wieder an Ant und las sich ihre Notizen durch. »War sie hitzig, weil er dir gesagt hat, dass er dich aus dem Testament genommen hat?«

»Nein.« Ant zupfte an seinem Kragen. »Unsere Diskussionen waren immer hitzig.«

»Nun, das ist alles sehr interessant«, unterbrach Jamie und warf einen Blick in sein Spielleiterheft. »Da wir gerade von hitzigen Diskussionen sprechen … Hat sonst noch jemand etwas gehört dieses Wochenende? Irgendetwas, das in Anbetracht des geschehenen Mordes nun verdächtig wirkt? Bitte schlagen Sie nun Seite zwei Ihres Hefts auf, aber nicht weiter.«

Pip ging zurück zu ihrem Stuhl, befreite sich aus ihrer verhedderten Federboa und blätterte die Seite um.

In dieser Runde:

- Ralph Remy wird erzählen, dass er gestern Abend ein Telefongespräch einer Dame belauscht hat, die äußerst merkwürdige Dinge von sich gegeben hat. Und zwar hat er dich gehört, und du musst es zugeben. Jedoch solltest du der Gruppe mitteilen, dass es lediglich um deinen Arbeitsvertrag und den Dienstplan bei der Familie ging, für die du als Gouvernante tätig bist. Stell sicher, dass sie es glauben.
- Im Gegenzug erzählst du der Gruppe, dass du auf dem Weg zu dem besagten Telefonat ein belastendes Gespräch zwischen Ralph und seinem Vater belauscht hast. Du hast sie mit erhobenen Stimmen reden hören, als du am Arbeitszimmer vorbeigegangen bist. Folgende Sätze hast du Ralph sagen hören: »Ich weigere mich, das zu tun, Vater«, »Dieser Plan ist total lächerlich und wird niemals funktionieren« und »... nicht damit durchkommen«.

KILL JOY GAMES™

Nachdem Pip zu Ende gelesen hatte, blickte sie auf. Aus dem Augenwinkel sah sie, dass Cara sie intensiv musterte und verschlagen grinste. Pip drückte die aufgeschlagene Broschüre an ihre Brust, damit Cara nicht spicken konnte, bewahrte ihre Geheimnisse für sich. Was genau wusste Cara? Oder war Pip einfach paranoid und interpretierte zu viel hinein?

Stell sicher, dass sie es glauben. Das musste bedeuten, dass es nicht wahr war. Warum log Celia? Was hatte sie zu verbergen? Jetzt würde Pip ebenfalls lügen müssen.

»Nun«, Ant räusperte sich, »ich habe gestern ein Gespräch zwischen meinem Vater und dem Butler mitbekommen.« Connor richtete sich in seinem Stuhl kerzengerade auf. »Oh, nichts allzu Schlimmes«, lächelte Ant, wieder ganz in seiner Rolle als Robert Remy. »Ich erinnere mich nur daran, wie mein Vater zu dir sagte, dass er seinem Geburtstag mit Grauen entgegenblicke. Natürlich wissen wir alle, warum, wenn man bedenkt, was letztes Jahr an dem Tag geschehen ist.«

Schweigen legte sich über den Tisch.

»Ich weiß nicht, was letztes Jahr passiert ist«, sagte Jamie. »Würde mich bitte jemand aufklären?«

»Nun, Inspector«, wandte sich Ant an ihn. »Es hat sich ein tragischer Unfall ereignet.«

Eine plötzliche Bewegung lenkte Pips Aufmerksamkeit weg von Ant. Zach war auf seinem Stuhl zusammengezuckt und strich sich mit einer Hand über den Arm. Musste eine Fliege oder so etwas gewesen sein.

»Die ganze Familie hatte sich anlässlich des Geburtstags meines Vaters auf Remy Manor versammelt«, fuhr Ant fort. »Am Nachmittag ging ich mit meiner Mutter, Rose Remy, auf dem Anwesen spazieren. Es war ein ganz normaler, gemächlicher Spaziergang. Ein sonniger Tag, vielleicht ein bisschen windig. Ich weiß nicht genau, wie es passiert ist … Es war einfach ein schrecklicher, schrecklicher Unfall.«

Zach zuckte erneut zusammen und stieß mit dem Fuß gegen ein Tischbein.

Pip verengte die Augen und musterte ihn über den Tisch hinweg. Zweimal innerhalb von dreißig Sekunden, das war merkwürdig. Sie wiederholte Ants Worte in ihrem Kopf. Moment mal, da war ein Muster zu erkennen. Zach war jeweils bei dem Wort *Unfall* zusammengezuckt. Hatte er das absichtlich gemacht, oder achtete sie einfach zu sehr auf alles, was die anderen taten?

»Ich muss vorangegangen sein, denn ich habe nicht gesehen, wie es passiert ist«, fuhr Ant fort. »Aber ich habe sie schreien hören. Als ich mich umdrehte, sah ich nur noch, wie sie die Klippen hinabstürzte. Wir waren so hoch oben. Die Ärzte sagten, sie sei sofort tot gewesen.« Seufzend senkte er den Blick. »Ich weiß nicht, ob sie gestolpert ist oder so. Es war einfach ein schrecklicher Unfall.«

Diesmal war Pip darauf vorbereitet. Ihre Augen klebten förmlich an Zach. Er zuckte zusammen, strich sich verlegen über den Hals, und kurz sah er sie an. Ja, er tat es absichtlich. Es war schon zu oft passiert, als dass es nur ein Zufall sein konnte. Wahrscheinlich stand in seiner Broschüre, zu reagieren, sobald sein Bruder das Wort *Unfall* in den Mund nahm. Aber was hatte das zu bedeuten? Nun, anscheinend glaubte Ralph Remy nicht, dass es sich beim Tod seiner Mutter tatsächlich um einen Unfall gehandelt hatte. Vielleicht dachte er insgeheim, Bobby hätte sie gestoßen. Dass er sie umgebracht hatte.

Pip schnappte sich ihren Notizblock und kritzelte hastig Stichworte auf das Blatt.

»Nach ihrem Tod war Vater nicht mehr derselbe«, sagte Ant leise.

»Nein.« Zach tätschelte ihm den Rücken. »Die ganze Sache war merkwürdig. Sie ist jeden Tag an den Klippen spazieren gegangen. Sie war immer so vorsichtig. Wäre niemals zu nah an die Kante gegangen.«

»In der Tat«, stimmte Ant zu, auch wenn Pip inzwischen sicher war, dass Zachs Worte etwas völlig anderes bedeuteten. Er dachte, sein eigener Bruder hätte ihre Mutter ermordet. Und nun war sein Vater ebenfalls umgebracht worden. Wenn das mal keine dysfunktionale Familie war. Vielleicht war es doch ganz gut, dass sie hier noch nie willkommen gewesen war.

»Tragisch.« Jamie nickte ernst. »Tragisch, dass das Schicksal ausgerechnet an Reginalds Geburtstag zweimal zugeschlagen hat. Hat sonst noch jemand etwas Seltsames oder Verdächtiges gehört dieses Wochenende?«

Zach hob die Hand. Jetzt war es so weit. Jetzt würde er sich gegen sie wenden. *Pokerface aufsetzen, Pip.*

»Ja, ich«, begann er zögerlich und las aus seinem Heft vor. »Gestern Abend, es war schon recht spät, habe ich auf dem Weg zu meinem Schlafzimmer eine Stimme unten im Flur gehört. Es war eine Frauenstimme, und ich glaube, sie hat telefoniert. Ich habe eine Weile gelauscht. Sie sagte eine ganze Reihe an Zahlen auf. *Fünf, einunddreißig, zwölf, sieben* und so weiter. Ununterbrochen. Es ergab überhaupt keinen Sinn. Äußerst merkwürdig.« Er hielt inne. »Und dann sprach sie leiser, flüsterte. Ich konnte sie kaum noch verstehen, nur, dass sie das Wort *beenden* mehrfach wiederholte.« Nervös blickte er zu Pip. »Es war nicht Lizzies Stimme. Und ich bezweifle, dass es die Köchin war ...«

»Wenn du mir jetzt etwas unterstellen willst, musst du es schon ein bisschen überzeugender vorbringen«, sagte Pip mit ihrem süßesten, durchtriebensten Lächeln.

»Okay, du warst es, Celia«, stieß er hervor. »Was hast du gemacht? Mit wem hast du gesprochen?«

»Du wirst dir gleich ziemlich dumm vorkommen«, erwiderte Pip. »Das Telefonat war kein bisschen verdächtig. Ich habe lediglich mit meinem Arbeitgeber telefoniert. Du hast dich nie sonderlich für mich interessiert, lieber Cousin, aber wie ich vorhin schon erwähnt habe, arbeite ich als Gouvernante und unterrichte die Kinder einer wohlhabenden Familie. Wie euch klar sein sollte, musste ich mir ein paar Tage frei nehmen, um hier sein zu können. Deshalb war ich am Telefon, bin mit ihm meinen Arbeitsvertrag durchgegangen und habe ihm gesagt, wann ich zurück sein werde, weil ich nicht will, dass er meinen Vertrag *beendet*. Und was die Zahlen angeht … Er wollte nur wissen, wann sein ältestes Kind seine nächste Matheklausur schreibt.«

»Ziemlich spät, um mit seinem Chef zu telefonieren«, bemerkte Lauren und sprang ihrem Ehemann zur Seite.

»Ich bin nun mal rund um die Uhr Gouvernante, Lizzie«, wehrte sich Pip. »Nicht, dass du das verstehen würdest. Schließlich lebst du von den Almosen der Familie, in die du eingeheiratet hast.«

»Oooooh, gefährlich.« Lachend hob Cara die Hand für ein High-five.

»Aber ich bin froh, dass du das Thema verdächtige Unterhaltungen angeschnitten hast, Ralph«, fuhr Pip fort, stützte die Ellbogen auf den Tisch und das Kinn auf die Fingerknöchel. »Denn ich habe auch ein Gespräch mit angehört, als ich auf dem Weg zu dem besagten Telefonat war.«

»Aha, der Plot verdichtet sich«, bemerkte Ant, griff ungelenk nach seinem Stift, auch wenn er sich nichts aufschrieb.

»Du, Ralph, warst mit deinem Vater in seinem Studierzimmer, dem Tatort, und ihr habt eine sehr hitzige Diskussion geführt.«

»Ist das so?«, erwiderte Zach und verschränkte die Arme vor der Brust.

»Oh ja. Und ich habe ein paar sehr spezifische Sätze aufgeschnappt.« Sie warf einen Blick in ihre Broschüre, um die Worte richtig wiederzugeben. »Zuerst hast du gesagt: ›Ich weigere mich, das zu tun, Vater.‹ Und dann: ›Dieser Plan ist total lächerlich und wird nicht funktionieren.‹ Und das Letzte, was ich dich habe sagen hören, bevor ich gegangen bin, war: ›… nicht damit durchkommen.‹ Willst du uns vielleicht erklären, worüber du dich mit dem Mann, der nicht einmal vierundzwanzig Stunden später ermordet wurde, gestritten hast?«

»Nur zu gern«, erwiderte Zach und versuchte, so zu klingen, wie Ralph womöglich geklungen hätte, musste jedoch immer wieder grinsen. »Wir haben über Geschäftliches gesprochen, okay? Was die Hotels und Casinos anging, haben wir immer noch zusammengearbeitet. Gemeinsam Entscheidungen getroffen. Um ehrlich zu sein, lief das Geschäft in letzter Zeit nicht besonders gut. Unser Hauptkonkurrent im Sektor Luxushotels und Casinos, die Garza-Familie, setzt uns ganz schön unter Druck.«

Cara zog zu Pips Linken die Nase hoch und lenkte sie ab. Oder vielleicht war es ein weiteres Geräusch gewesen, das sie gehört hatte. Wie ein Aufprall oder ein dumpfer Knall von draußen. Aber wahrscheinlich war es nichts, und Zach sprach weiter …

»Wie ihr wisst, sind die Garzas schon seit langer Zeit unsere Konkurrenten. Seit Mutters Tod hat sich das Verhältnis drastisch verschlechtert.« Zach wandte sich dem Inspector zu, um zu erklären. »Unsere Mutter war mit Mr Garzas Frau befreundet. Nun, zumindest hegten sie einen freundlichen Umgang miteinander. Aber in letzter Zeit dringen die Garzas zu weit in unser Hoheitsgebiet ein, wenn man es so ausdrücken will, weil wir mehr Geld machen als sie … noch. Vater und ich waren uns uneins über eine Strategie, wie wir es schaffen können, dass die Leute auch weiterhin in unsere Casinos kommen und nicht in die der Garzas. Das ist alles. Wir hatten häufig unsere Meinungsverschiedenheiten, was das Geschäftliche anging, aber letzten Endes hat es immer funktioniert.«

»Und was ist mit ›… nicht damit durchkommen‹?«, hakte Pip nach.

»Nun, das war eine etwas andere Unterhaltung«, gestand Zach. »Vater hatte mir mitgeteilt, dass er die Bücher hat kontrollieren lassen, und es sah ganz so aus, als würde jemand von den Casinos in London Geld abzweigen. Jemand von den Angestellten.«

Die Nicht-Remy-Seite am Tisch starrte die Remy-Seite durchdringend an.

»Hey, ihr müsst den guten alten Bobby gar nicht so ansehen«, rief Ant empört. »Daddy hat mich schon vor Jahren gefeuert. Ich kann es nicht gewesen sein.«

»Jemand hat Geld gestohlen? In meinem Casino?«, fragte Lauren.

»Du meinst, in dem Casino, das du managst, Lizzie«, korrigierte Pip.

Zach nickte. »Ich habe nur gesagt, dass wir das überprüfen und der Dieb damit nicht durchkommen würde oder so was. Nichts Verdächtiges.« Er hob abwehrend die Hände.

Da hörte Pip es erneut. Oder zumindest dachte sie, sie

hätte es gehört. Es kam von draußen. Sie wandte sich zum Fenster um. Inzwischen war es dunkel geworden, nahezu kohlrabenschwarz.

»Was ist?«, wollte Cara von ihr wissen.

»Ich glaube, ich habe draußen etwas gehört«, erwiderte sie.

»Was denn?«, fragte Lauren und verlor nun ein wenig von Lizzie Remys Arroganz.

»Ich weiß es nicht.«

Sie versuchten zu lauschen, doch die Jazzmusik war zu laut, und das Saxophon übertünchte alles andere.

»Alexa, Pause!«, rief Connor.

Die Musik verstummte, und Pip spitzte die Ohren. Es war eine laute Art von Stille: das Atmen der anderen, das Geräusch ihrer eigenen Zunge, die sich in ihrem Mund bewegte, das Rauschen des Windes.

Und dann passierte es erneut.

Ein Knall. Draußen im finsteren Garten.

Kapitel 6

Connors Kopf schnellte zu seinem Bruder herum. Panik spiegelte sich in seinen schwarzen Pupillen wider.

Kurz erwiderte Jamie seinen Blick, bevor er anfing zu grinsen. »Meine Güte, wie schreckhaft seid ihr denn?« Er lachte. »Das ist nur die Tür vom Schuppen. Manchmal stößt der Wind sie auf. Alles in Ordnung.«

»Bist du sicher?«, fragte Lauren. Irgendwie hatte ihr Arm seinen Weg zu Ants gefunden, wie Pip bemerkte.

»Ja.« Jamie lachte und fügte hinzu: »Die Jugend heutzutage.«

»Entschuldigung, dass wir nun mal alle in einer Mörderstadt aufwachsen«, konterte Lauren und zog ihren Arm mit einem merkwürdigen Blick in Ants Richtung zurück.

»Könnten auch Geister sein«, sagte Ant mit geröteten Wangen. »Ich kenne mindestens zwei rachsüchtige Seelen, die infrage kommen würden.«

»Ant …«, knurrte Cara warnend.

»Es ist alles in bester Ordnung«, versicherte Jamie. »Ignoriert es einfach. Alexa! Musik an und Lautstärke hoch. Seht ihr, jetzt kann man es kaum noch hören. Kein *richtiger* Mord heute Abend, Kinder. Und nun zurück ins Jahr 1924.« Er richtete seinen Helm, und Pip griff wieder zu ihrem Stift.

»Wie jeder Detective weiß, braucht es für einen Mord immer ein Motiv. Ich frage mich, ob irgendjemand unter Ihnen einen Groll gegen den verstorbenen Reginald Remy gehegt hat. Einen Grund hatte, ihn zu hassen. Bitte schlagen Sie jetzt die nächste Seite auf.«

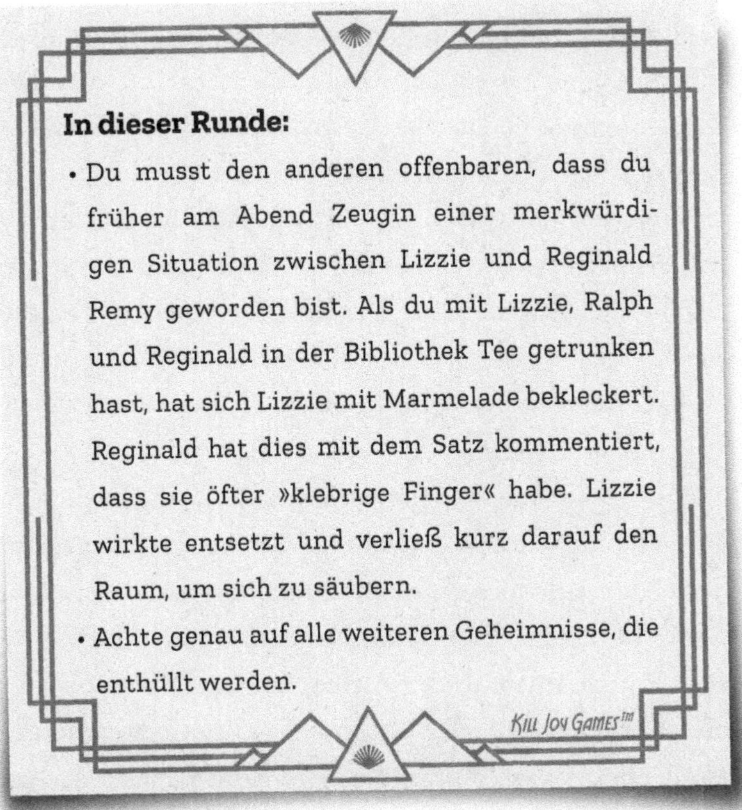
In dieser Runde:

- Du musst den anderen offenbaren, dass du früher am Abend Zeugin einer merkwürdigen Situation zwischen Lizzie und Reginald Remy geworden bist. Als du mit Lizzie, Ralph und Reginald in der Bibliothek Tee getrunken hast, hat sich Lizzie mit Marmelade bekleckert. Reginald hat dies mit dem Satz kommentiert, dass sie öfter »klebrige Finger« habe. Lizzie wirkte entsetzt und verließ kurz darauf den Raum, um sich zu säubern.
- Achte genau auf alle weiteren Geheimnisse, die enthüllt werden.

Kill Joy Games™

Pip sah auf, und ihr Blick wanderte hinüber zu Lauren, die in ihrer eigenen Broschüre las und sich konzentriert auf die Lippe biss. Dann blickte Lauren auf, sah sie direkt an, und

Pip rutschte das Herz in die Hose. Für einen langen Moment sahen sie einander an, bis Lauren die Nase hochzog und den Blick mürrisch abwandte.

Klebrige Finger? Das bedeutete doch, dass jemand klaute, oder nicht? Eine Diebin. Oh Mist.

Pip griff nach ihrem Notizblock und begann zu schreiben, ihre Finger versuchten, mit ihrem Gehirn mitzuhalten. Reginald und Ralph hatten sich gestern Abend darüber unterhalten, dass jemand im London-Casino klaute, dem Casino, das Lizzie managte. Und heute hatte Reginald etwas von *klebrigen Fingern* zu ihr gesagt. Er musste gedacht haben, dass sie die Diebin war! Und so, wie Lizzie reagiert hatte, hatte Reginald vielleicht sogar recht gehabt. Und wenn Lizzie wusste, dass Reginald wusste … Nun, das war definitiv ein Motiv, um ihn umzubringen. Die einzige andere Option wäre Gefängnis gewesen.

Pips Gedanken wurden unterbrochen, als Zach sich räusperte, um zu einer weiteren Rede als Ralph anzusetzen. »Nun ja, Inspector, wenn Sie damit andeuten wollen, dass es innerhalb der Familie Unstimmigkeiten gab, muss ich leider gestehen, dass zwischen meinem Bruder, Bobby, und meinem Vater vieles im Argen lag. Was man schon allein daran erkennt, dass er aus dem Testament gestrichen wurde.«

Ant reagierte, indem er Zach den Zeigefinger ins Gesicht pikste, ein bisschen zu nahe am Auge.

Zach wich zurück. »Aua.«

»Das ist nur brüderliche Liebe«, erwiderte Ant ein wenig lallend.

»Jedenfalls«, fuhr Zach fort, »begann das Zerwürfnis vor einigen Jahren, als Bobby noch für meinen Vater gearbeitet hat und *noch* Erbe des Casinoimperiums war. Da er den lieben langen Tag in Casinos verbrachte, hat er eine ernstzunehmende Spielsucht entwickelt. Ständig hatte er Schulden und musste sich Geld leihen. Und als die Banken sich irgendwann weigerten, ihm noch mehr Geld zu geben, musste er sich an unseriöse Quellen wenden. Er hat sich welches bei irgendwelchen Kredithaien geliehen und es natürlich beim Spielen wieder verloren. Und als er das Geld nicht zurückzahlen konnte, drohten sie ihm damit, ihn umzubringen. Also hat mein Vater ihn rausgehauen, die Kredithaie bezahlt und all seine anderen Schulden beglichen, um ihm das Leben zu retten. Doch von diesem Tag an verbot ihm mein Vater, noch irgendetwas mit dem Remy-Unternehmen zu schaffen zu haben. Er sagte, er würde Bobby weiterhin ein monatliches Taschengeld bezahlen, damit er ein gutes Leben führen könne, doch sollte Bobby jemals wieder spielen, sei es auch nur einmal, würde er sofort alle Zahlungen einstellen. Er setzte ihm ein Ultimatum.«

»Ja.« Ant nickte. »Das ist alles wahr. Ich habe mir von den falschen Leuten Geld geliehen. Von einer Gang, die sich die East End Streeters nennt, falls es euch interessiert. Aber ich habe keine Ahnung, warum ihr denkt, ich hätte deshalb einen Groll gegen meinen Vater gehegt. Er hat mich gerettet.

Und dann hat er mich auch noch fürs Nichtstun bezahlt. Für mich war das perfekt. Also kein Groll.«

»Ah«, sagte Jamie, der Inspector, und las aus seinem Heft vor. »Die East End Streeters sind eine ziemlich üble Bande. Wir von Scotland Yard hatten schon jede Menge Ärger mit ihnen. Sie verdingen sich im Kokainbusiness. Unter anderem. Anfang des Jahres hat mein Partner verdeckt ermittelt, um ihre Drogengeschäfte auffliegen zu lassen, doch sie müssen es herausgefunden haben. Sie haben ihn ermordet, auf offener Straße erschossen. Ein schmutziges Geschäft. Ich bin froh, dass Sie lebend davongekommen sind, Bobby.«

»Vielen Dank, Inspector.«

Schleimer, dachte Pip, während sie eine weitere Seite in ihrem Notizheft füllte.

»Weiß sonst noch jemand von irgendjemandem hier, der ein Zerwürfnis mit Reginald hatte?«, fragte Jamie.

Pip meldete sich. »Früher am Abend«, sagte sie und mied Laurens Blick, »habe ich mit Lizzie, Ralph und Reginald in der Bibliothek Tee getrunken und Scones gegessen, wie ihr bereits gehört habt. Doch dann bekleckerte sich Lizzie mit Marmelade und machte deshalb einen Aufstand. Reginald sah sie an und sagte etwas davon, dass sie öfter ›klebrige Finger‹ habe.« Pip hielt inne. »Man hätte die Luft im Zimmer mit einem Messer schneiden können. Lizzie blickte entsetzt drein und verließ kurz darauf den Raum.«

»Oh, *klebrige Finger*, was, Lizzie?«, kommentierte Cara und wackelte mit den Augenbrauen.

»Das bedeutet, dass jemand klaut«, stellte Pip klar.

Cara ließ die Schultern hängen. »Oh, wie langweilig.«

Lauren winkte lachend ab. »Das war doch nichts. Keine angespannte Atmosphäre. Ich weiß überhaupt nicht, was du damit sagen willst.« Durchdringend starrte sie Pip an. »Als seine einzige Schwiegertochter hat mich Reginald nun mal gern geneckt. Außerdem bin ich sehr tollpatschig, bekleckere mich ständig. Daher auch die *klebrigen Finger*.«

»Ist klar«, erwiderte Cara und zog die Augenbrauen hoch. »Ich habe übrigens auch was.«

Der ganze Tisch schenkte ihr nun seine Aufmerksamkeit, und Dora Key, die Köchin, kam in all ihrer Pracht zum Vorschein. Cara richtete sich kerzengerade auf und fummelte an ihrer Schürze.

»Da wir die einzigen Bediensteten hier sind, unterhalten Humphrey und ich uns oft, wenn wir abends mit der Arbeit fertig sind. Um uns die Zeit zu vertreiben. Und, na ja …« Sie warf Connor an Pip vorbei einen schiefen Blick zu. »Letzte Woche hat unser Gespräch eine finstere Wendung genommen. Sehr verstörend in Anbetracht dessen, was passiert ist.«

»Was denn?«, bohrte Pip ungeduldig nach.

»Na ja, Humphrey hat sich Anfang der Woche über den Master beschwert, und ich sagte: ›Oh, so schlimm ist er nun auch wieder nicht.‹ Woraufhin Humphrey erwiderte: ›Ich hasse ihn.‹ Könnte jetzt bitte jemand nach Luft schnappen?«

Jamie und Zach kamen ihrer Bitte eifrig nach. Pip war zu sehr mit Schreiben beschäftigt.

»Gut, danke.« Cara nickte ihnen zu. »Aber das war noch nicht das Schlimmste daran.«

»Es wird noch schlimmer?«, fragte Ant und starrte Connor an. »Es sieht nicht gut für dich aus, Humphrey. Es ist wohl doch immer der Butler, was?«

»Viel schlimmer«, erwiderte Cara und sah sie der Reihe nach eindringlich an. »Erst vor wenigen Tagen sprach Humphrey über Reginald Remy. Er drehte sich mit diesem fürchterlichen Glimmen in den Augen zu mir um und sagte: ›Ich wünschte, er wäre tot.‹«

Kapitel 7

Bis auf das gedämpfte Dudeln der Trompeten herrschte Schweigen im Raum, während sich Connor voller Unbehagen auf seinem Stuhl wand.

»Vielen Dank, Dora, dass du unser *privates* Gespräch ausplauderst«, schnaubte er mit Betonung auf privat.

»Ich musste doch die Wahrheit sagen.« Cara hob die Hände. »Es ist jemand gestorben.«

»Ja, aber nicht meinetwegen.«

»Stimmt das?«, fragte Pip. »Hast du das wirklich gesagt? Dass du dir wünschst, Reginald wäre tot?«

»Ja, habe ich, aber ich habe es nicht so gemeint.« Connor fummelte an seiner weißen Fliege, als würde sie sich immer enger um seinen Hals zusammenziehen und versuchen, ihn zu erdrosseln. »Ich habe meinem Ärger nur ein wenig Luft gemacht. Ich bin sicher, dass die meisten Butler über ihre Master schimpfen. Und ja, ich war wütend auf ihn, denn ich habe ihn vor wenigen Wochen um ein paar freie Tage gebeten, und er hat einfach abgelehnt. Er meinte, es sei im Moment zu viel zu tun, um mich so kurzfristig freizustellen, ganz egal, wie sehr ich auch bitten würde.«

»Warum wolltest du dir freinehmen?«, bohrte Pip nach und setzte den Stift aufs Papier.

»Um meine Tochter zu besuchen. Ich sehe sie ja kaum. Und jetzt ist es … Es war mir wichtig, und ich war wütend, das ist alles. Aber das macht mich noch lange nicht zu einem Mörder.«

»Das lässt dich aber ganz schön verdächtig aussehen«, bemerkte Ant.

»Das sagt genau der Richtige, Bobby«, konterte Pip. »Wenn wir schon von *verdächtig* sprechen …«

Connor nahm seine Fliege ab und richtete den Zeigefinger auf Cara. »Reden wir lieber mal über dich, Dora Key, findest du nicht auch? Jetzt, da du beschlossen hast, meine Geheimnisse auszuplaudern.«

»Na schön. Ich bin ein offenes Buch. Ein offenes Kochbuch«, erwiderte Cara mit einem Zwinkern.

Pip saß buchstäblich zwischen den Stühlen und rückte nach hinten, um das Streitgespräch besser beobachten zu können.

»Ach wirklich?« Connor legte die Fingerspitzen aneinander. »Nun, wie wäre es dann damit? Reginald hat Dora Key erst vor einem halben Jahr eingestellt. Die Köchin vor ihr kannte ich sehr gut, wir haben fünfzehn Jahre lang zusammengearbeitet. Und plötzlich kündigte sie einfach aus dem Nichts heraus. Grundlos. Sie hatte nie erwähnt, gehen zu wollen. Und kurz bevor sie das Boot zum Festland bestieg, gestand sie mir, dass jemand sie zu ihrer Kündigung gezwungen hatte. Sogar ihr Leben bedroht habe. Aber sie konnte mir nicht sagen, wer es war. Und dann tauchte zwei Tage später Dora Key auf. Die neue Köchin. Dein Essen schmeckt übrigens fürchterlich. Also, wer bist du? Und warum bist du wirklich hier?«

»Wie kannst du es wagen? Ich habe dir Domino's Pizza gemacht«, schimpfte Cara und versuchte, sich das Grinsen zu verkneifen. »Sogar eine Peperoni Passion.«

»Okay, okay«, ging Jamie dazwischen und brachte sie alle zum Schweigen. »Es ist offensichtlich, dass es in diesem Raum eine Menge Geheimnisse gibt. Und manche davon könnten mit dem Mord in Verbindung stehen. Aber jetzt ist es an der Zeit, dass Sie alle Ihr eigenes größtes Geheimnis erfahren. Bitte schlagen Sie die nächste Seite auf, und achten Sie darauf, dass niemand Ihre Informationen mitliest.«

Pips Stuhl scharrte über den Boden, als sie ihn wieder zum Tisch zog.

»Moment, kann ich noch aufs Klo, bevor wir weitermachen?«, fragte Ant. »Ich platze.«

Jamie nickte. »Ja, klar. Der Rest kann schon mal sein Geheimnis lesen, während wir warten.«

Pip schlug das Herz bis zum Hals, als sie nach ihrer Broschüre griff. Was war ihr größtes Geheimnis? Was genau hatte Celia Bourne zu verbergen?

Sie blätterte um.

DEIN GEHEIMNIS:

Du bist nicht die, die du vorgibst zu sein, Celia Bourne. Du hast die ganze Zeit gelogen, denn in Wahrheit bist du keine Gouvernante.

Du bist eine Spionin und arbeitest für den Geheimdienst Seiner Majestät. Vor wenigen Wochen kam man auf dich zu, bot dir eine ordentliche Geldsumme und eine feste Anstellung, wenn du deinen Onkel, Reginald Remy, ausspionieren würdest. Die Regierung vermutet, dass er mit Kommunisten in Verbindung stehen und in aufrührerische Aktivitäten verwickelt sein könnte. Sie glauben, dass er dem Minenarbeiter und kommunistischen Agitator Harris Pick vor Kurzem eine Menge Geld gezahlt hat.

Deine Mission war es, Beweise für diesen Geldtransfer zu finden.

DU hast den Tresor geöffnet, nachdem du die Bibliothek verlassen hast und bevor Reginald um 17:15 Uhr in sein Arbeitszimmer zurückgekehrt ist.

Kill Joy Games™

Du hast Reginalds Scheckheft aus dem Safe gestohlen. Sonst befand sich nichts darin – und ganz sicher kein Testament. Als Ralph dich hat telefonieren hören, hast du in Codewörtern mit deinem Kontaktmann gesprochen.

DU MUSST DIESES GEHEIMNIS FÜR DICH BEHALTEN.

Sollte jemand herausfinden, dass du diejenige warst, die den Tresor geknackt hast, musst du lügen. Erzähl ihnen, dass du nur nach einem alten Foto von deiner Mutter gesucht und gedacht hast, dein Onkel würde es im Safe aufbewahren. Das Scheckbuch hast du nur an dich genommen, weil du wissen wolltest, wie viel Geld Reginald anderen Familienmitgliedern zahlt, denn das hat dich schon immer gewurmt.

KILL JOY GAMES™

Pip legte das Heft mit der aufgeschlagenen Seite nach unten auf den Tisch und weigerte sich aufzublicken, für den Fall, dass man sie beobachtete und die anderen aus irgendeinem Grund in der Lage wären, ihr das Geheimnis anzusehen. Es durch ihre Augen aus ihrem Gehirn zu stehlen. Dumm, das wusste sie, aber dennoch sah sie nicht auf.

Eine Spionin. Sie hatte schon geahnt, dass ihr Geheimnis ziemlich groß sein würde, aber eine Geheimagentin der Regierung? Das änderte alles. Und bei dem Telefonat mit ihrem Kontaktmann hatte Ralph gehört, wie sie das Wort *beenden* mehrfach wiederholt hatte. Was, wenn sie den Auftrag erhalten hatte, Reginald Remy zu ermorden, sollte sie Beweise für seinen Verrat finden? Was, wenn sie tatsächlich die Mörderin war? Konnte sie es getan haben? War Celia Bourne zu so etwas imstande?

Sie lenkte ihre Aufmerksamkeit zurück auf die anderen, die ihre Gespräche inzwischen wieder aufgenommen hatten. Vielleicht war es jetzt sicher aufzublicken. Niemand beobachtete sie, und dennoch fühlte sie sich beobachtet. Die Nackenhaare standen ihr zu Berge.

»Darf ich mal kurz auf mein Handy schauen, Connor?«, fragte Lauren. »Tom hat mir bestimmt geschrieben und wundert sich, warum ich ihn ignoriere.«

»Nein«, antwortete Cara an Connors Stelle. »Er weiß, dass du bei einem Krimidinner bist. Du hältst es auch mal ein paar Stunden aus, ohne deinem Freund zu schreiben. Du wirst es bestimmt überleben. Es sei denn, du hast Reginald

Remy ermordet. In dem Fall wird man dich wahrscheinlich erhängen.«

»Okay, haben alle ihr Geheimnis gelesen?«, fragte Jamie. »Oh, Moment … Ant fehlt noch.«

Connor schnaubte und starrte die offene Tür an. »Er ist schon eine ganze Weile weg. Er hat aber nicht so viel getrunken, dass er vielleicht eingepennt ist, oder? Ich sehe besser mal nach ihm.« Er verließ das Zimmer, und seine Schritte verloren sich unter der Musik. Doch sie war nicht laut genug, um das Geräusch des Windes zu übertönen, der um das Haus pfiff und die Schuppentür immer wieder auf- und zuschlug.

Pip wandte sich zum Fenster um, doch draußen herrschte tiefste Finsternis. Alles, was sie sehen konnte, war ihr Spiegelbild, Cara, wie sie hinter Pips Kopf Hasenohren machte, die tanzenden Flammen der Kerzen. Sie blickte der gespiegelten Pip in die Augen, gefangen in der Dunkelheit draußen, bis sie im Glas sah, wie Connor zurückkehrte.

»Ich finde ihn nicht«, sagte er. »Ich habe sowohl unten im Badezimmer als auch oben nachgesehen. Er ist weg.«

»Was?«, fragte Pip. »Na ja, irgendwo muss er ja sein.«

»Ist er nicht. Ich habe überall nachgesehen.«

»Überall?«

»Na ja, nicht in jedem einzelnen Zimmer.«

Jamie sprang auf, um die Führung zu übernehmen. »Los, Con«, sagte er. »Sehen wir noch mal nach.«

Die Brüder verließen das Esszimmer, und Jamies Stimme wehte durch das Haus.

»Ant?! Wo bist du, du kleiner Stinker?«

Cara wandte sich Pip zu. »Was ist hier los?«, fragte sie mit ihrer normalen Stimme.

»Ich weiß es nicht.« Pip hasste es, diese vier Worte auszusprechen.

»Er kann ja nicht wirklich verschwunden sein«, meinte Zach, klang jedoch ebenfalls verunsichert.

»Ant?!« Connors Rufen wurde durch die Teppiche und Wände gedämpft, doch es klang nun drängender. »Ant! ANT!« Seine Stimme wurde immer lauter, während er sich auf den Rückweg begab, dicht gefolgt von Jamie.

Ein unangenehmes, erwartungsvolles Schweigen breitete sich aus. Und die Musik fühlte sich jetzt auch irgendwie anders an. Verändert. Die aufsteigenden Noten der Trompeten hatten nun etwas Bedrohliches.

»Ja, er ist, ähm … er ist nicht da«, sagte Jamie. »Wir haben überall nachgesehen.«

»Er ist weg?« Nervös fummelte Lauren an ihrer Perlenkette. »Wie kann das sein?«

Pip stand auf. Sie wollte nicht weglaufen, aber Sitzen fühlte sich einfach nicht mehr richtig an. Aus dem Augenwinkel sah sie, wie sich ihr dunkles Spiegelbild ebenfalls erhob und sie schräg von der Seite musterte. Kein Wunder, dass sie sich beobachtet fühlte.

»Wie kann das sein? Wenn er gegangen ist, hätten wir doch die Haustür gehört«, überlegte Cara und sah Jamie an, der nur mit einem Schulterzucken antworten konnte.

»Connor, du musst uns unsere Handys geben«, forderte Lauren, »damit wir Ant anrufen können.«

»Wie sollen wir ihn bitte anrufen, wenn ich doch auch *sein* Handy habe?«, erwiderte Connor ein wenig bissig.

Während sie die Szene in der Fensterscheibe beobachtete, formte sich in Pips Kopf eine Idee. Diese ganze Sache … Es war alles nur eine Performance. Ein Spiel. Es war nicht echt, so unecht wie die gespiegelten Menschen in ihren Zwanzigerjahre-Outfits.

»Jamie«, sagte Pip. »Gehört das zum Spiel dazu? Dass Ant verschwindet?«

»Nein«, erwiderte er, doch seine Miene gab nichts preis.

»Steht das irgendwie in Bobbys Heft?«, fragte sie und ließ ihren Blick auf der Suche danach über den Tisch schweifen. Es lag verlassen auf Ants Teller. »Steht da, dass er sich verstecken soll? Ist er der Nächste, der umgebracht wird?«

»Nein«, wiederholte Jamie und hob die Hände, um dem Wahrheitsgehalt seiner Antwort Ausdruck zu verleihen. In seinen Augen war nicht einmal die geringste Spur von Belustigung zu erkennen. »Ich schwöre, dass das nicht Teil des Spiels ist. Das hätte nicht passieren sollen. Wirklich.«

Sie glaubte ihm, denn seine Sorgenfalten wurden immer tiefer.

»Wo könnte er denn hingegangen sein? Draußen ist es stockdunkel.« Pip deutete zum Fenster. »Und er hat sein Handy nicht dabei. Irgendetwas stimmt hier nicht.«

»Was mache ich denn jetzt?«, fragte Jamie in den Raum.

Er schien zu schrumpfen, sechs Jahre zu verlieren, bis er nur noch so alt war wie sie. »Ich …«

Doch Pip hörte nicht mehr, was er als Nächstes sagte.

Plötzlich ertönte ein lautes Klopfen am Fenster.

Da draußen war jemand. Jemand, den sie nicht sehen konnten. Und er klopfte ans Fenster. Immer und immer wieder. Immer schneller. So heftig, dass die Scheibe in ihrem Rahmen zu klirren begann.

»Oh mein Gott«, schrie Lauren, flüchtete zur hinteren Wand, und ihr Stuhl kippte um.

Pip konnte nichts sehen. Draußen war es zu dunkel und hier drin zu hell. Sie sah nur ihre Spiegelbilder, ihre ängstlich aufgerissenen Augen. Sie waren blind hier drin. Gefangen. Und irgendjemand war dort draußen. Jemand, der alles sehen konnte.

Pip beobachtete Caras Spiegelbild, wie es nach ihrer Hand griff, bevor sie es spürte.

Das Klopfen wurde lauter. Und noch schneller. Pips Herz schlug heftiger, um sich dem Takt anzupassen, versuchte, aus ihrer Brust zu springen. Zu schnell. Vielleicht waren da draußen mehr als nur einer?

Und mit einem Mal verstummte das Klopfen. Das Glas hörte auf zu zittern. Aber Pip konnte es immer noch spüren, als wäre das Klopfen jetzt in ihr, verborgen in ihrer Kehle.

»Wa…«, setzte Connor mit zitternder Stimme an.

Dann wurde die Welt draußen taghell, blendete sie durch die Scheibe, und Pip musste ihre Augen abschirmen.

Kapitel 8

»Was zur …«

Pip blinzelte, bis sich ihre Augen an das Licht aus dem Garten und die Silhouette, die sich darin abzeichnete, gewöhnt hatten.

Sie blinzelte erneut, und die Form bekam Arme und Beine. Direkt vor dem Fenster stand jemand.

Es war Ant.

Ein frecher Gesichtsausdruck breitete sich oberhalb seines lächerlichen schief sitzenden Schnurrbarts aus, während er über die Schulter blickte und nach dem Bewegungsmelder suchte, den er ausgelöst haben musste.

»Verdammt noch mal.« Genervt schlug Jamie sein Spielleiterheft auf den Tisch und wandte sich seinem Bruder zu.

Connor atmete erleichtert aus. »Sorry. Das macht er immer. Streiche spielen.«

»Kann er das nicht ein andermal machen?«, schnaubte Jamie. »Jetzt werden wir vielleicht nicht fertig, bis alle abgeholt werden.«

»Tut mir leid, Jamie. Sorry, ich weiß, dass du dir mit heute Abend eine Menge Arbeit gemacht hast.« Connor drehte sich zum Fenster und rief: »Ant, komm jetzt wieder rein!« »Du verdammter Idiot«, fügte er leise hinzu, während sich

Ant auf die Hintertür zubewegte, aus der er sich hinausgeschlichen haben musste.

»So was von nicht witzig«, bemerkte Lauren, hob ihren Stuhl auf und setzte sich wieder.

»Hey, Leute«, rief Ant atemlos, als er zurück ins Zimmer kam. »Oh mein Gott, war das lustig. Ihr hättet mal eure Gesichter sehen sollen. Lauren, du hast ausgesehen, als hättest du dir in die Hose gemacht.«

»Fick dich«, fauchte sie, doch sie musste bereits grinsen. Einfach kein Durchhaltevermögen.

»Und Pip …« Ant wandte sich ihr zu. »Du hast mich die ganze Zeit direkt angestarrt. Ich dachte echt, du könntest mich sehen.«

»Hm«, war ihre einzige Antwort. Sie verfluchte ihr wild pochendes Herz und zwang es, sich zu beruhigen.

»Nun«, sagte Zach, »immerhin war es nur ein Streich, und Ant wurde nicht wirklich brutal von einem Einbrecher ermordet.«

Zach, immer der Friedensstifter. Doch Pip war nicht sicher, ob sie ihm gerade voll und ganz zustimmte.

»Wie dem auch sei«, sagte Jamie mit erhobener Stimme. »Wir müssen jetzt weitermachen, sonst werden wir den Mörder oder die Mörderin niemals zur Rechenschaft ziehen. Aber natürlich nur, wenn Bobby Remy jetzt mit seinen Späßchen fertig ist.« Er schlug sein Spielleiterheft auf und las. »Okay, in Ordnung. Jetzt, da ihr alle euer größtes Geheimnis kennt – das, welches ihr auf keinen Fall preisgeben dürft –, ist es an der Zeit, ein paar Geheimnisse auszuplaudern, die ihr über eure Mitverdächtigen erfahren habt. Bitte nehmen Sie nun alle Ihre Plätze ein und schlagen die nächste Seite Ihres Heftes auf.«

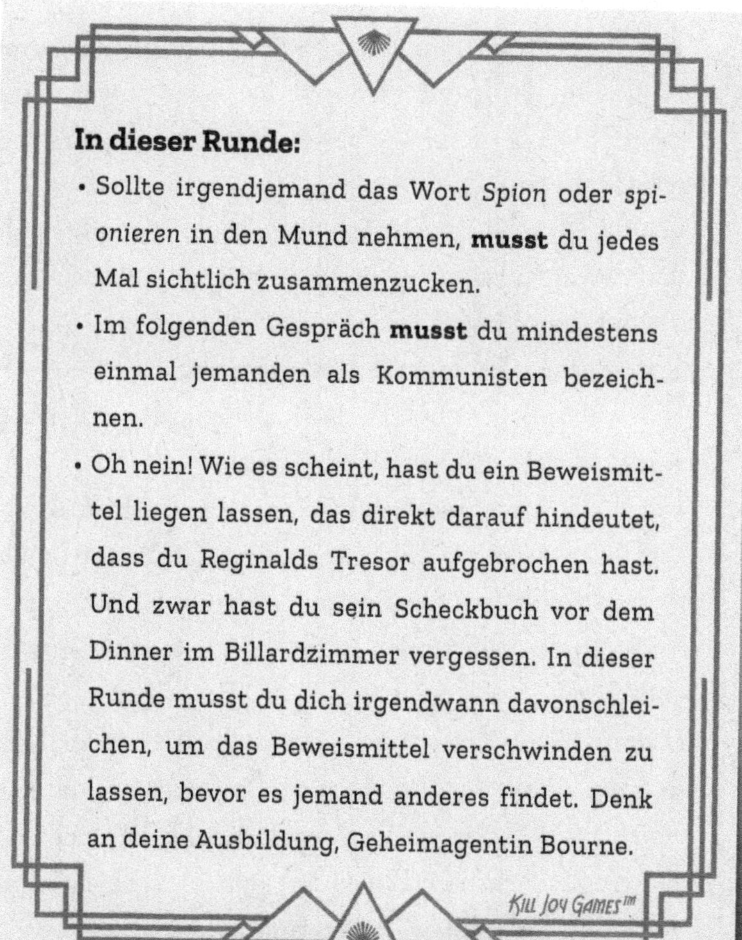

In dieser Runde:

- Sollte irgendjemand das Wort *Spion* oder *spionieren* in den Mund nehmen, **musst** du jedes Mal sichtlich zusammenzucken.
- Im folgenden Gespräch **musst** du mindestens einmal jemanden als Kommunisten bezeichnen.
- Oh nein! Wie es scheint, hast du ein Beweismittel liegen lassen, das direkt darauf hindeutet, dass du Reginalds Tresor aufgebrochen hast. Und zwar hast du sein Scheckbuch vor dem Dinner im Billardzimmer vergessen. In dieser Runde musst du dich irgendwann davonschleichen, um das Beweismittel verschwinden zu lassen, bevor es jemand anderes findet. Denk an deine Ausbildung, Geheimagentin Bourne.

Wie bitte? Pip las den letzten Absatz erneut. Warum sollte sie ein Beweismittel einfach herumliegen lassen? Was für eine Amateurin war Celia Bourne bitte? Pip wäre niemals so doof. Und jetzt musste sie es in Ordnung bringen, bevor sie aufflog.

Der Schrank im Flur, das war das Billardzimmer. Aber wie sollte Pip das Esszimmer verlassen, ohne dass die anderen Verdacht schöpften? Vor allem nach dem, was Ant eben abgezogen hatte.

»Nun«, Connor sprach jetzt wieder als Humphrey, der Butler, »wenn wir schon von Geheimnissen sprechen ... Ich glaube, ich kenne eins. Ein besonders heikles sogar.«

»Spuck's aus, alter Hump«, forderte Cara.

»Ich will ja nicht unhöflich sein«, Connor neigte den Kopf, »und ich habe ganz gewiss nicht spioniert.«

Pip zuckte zusammen, und sie musste es nicht mal wirklich spielen, denn sie war überrascht, dass das Wort so schnell fiel. Sie stieß mit dem Handgelenk gegen ihr Glas, fing es jedoch auf, bevor es umkippte, und blickte zu Connor. »Sorry«, flüsterte sie.

»Es war gestern, am späten Nachmittag. Als ich durch das Haus ging, um meinen Pflichten als Butler nachzukommen, hörte ich etwas ... Na ja, aus einem der Schlafzimmer oben hörte ich einen Mann und eine Frau, ähm ... Nun, ich glaube, ich hörte, wie dort etwas *Gewisses* vorging.«

Ant schnaubte.

»Nun, immerhin haben wir ein verheiratetes Paar unter

uns. Ralph und Lizzie.« Pip deutete auf Zach und Lauren auf der gegenüberliegenden Seite des Tisches.

»Genau, sehr wohl, Ma'am.« Connor verbeugte sich erneut. »Nur, dass ich gerade auf dem Weg in den Salon war, als ich die *gewissen* Geräusche hörte ... Und der junge Master Ralph befand sich zu der Zeit im Salon und spielte mit seinem Vater Schach.«

Wieder schnappte Cara laut nach Luft und richtete den Zeigefinger auf Lauren.

»Warum zeigst du denn auf mich?«, fragte Lauren fassungslos. »Wir alle hätten es sein können.«

»Ich kann es ja wohl kaum gewesen sein. Ich bin nur die Köchin und außerdem hundert Jahre alt«, entgegnete Cara.

»Nun, es hätte ja auch Pip sein können. Celia, meine ich.«

»Hm, nein, das stimmt nicht«, dachte Pip laut. »Wenn Humphrey, der Butler, Ralph Remy und Reginald Remy zu der Zeit alle unten waren, kann es nur ein einziger Mann gewesen sein: Bobby.«

Alle Blicke richteten sich auf Ant, der versuchte, keine Miene zu verziehen, und gedankenverloren seinen Schnurrbart streichelte.

»Ja, vielleicht waren es Pip und Ant!«, sagte Lauren lauter, als unbedingt nötig gewesen wäre.

»Bobby Remy ist mein Cousin«, erinnerte Pip sie.

»N-na u-und?«, stotterte Lauren. »Inzest kommt vor.«

»Ich finde, du verteidigst dich zu stark, liebste Lizzie«, bemerkte Pip und klickte, in der Hoffnung, den anderen damit auf die Nerven zu gehen, auf ihrem Kugelschreiber herum. »Es ist ziemlich eindeutig, zwischen wem *gewisse* Dinge abgelaufen sind. Wie schön, dass du deinem Schwager so nahestehst. Oh«, sie wandte sich Zach zu, »sorry, Ralph. Muss schwer für dich sein, das zu hören.«

Zach lächelte. »Ich bin am Boden zerstört.«

»Nun, ich streite es vehement ab«, beharrte Lauren beschämt dreinblickend und rückte ihren Stuhl weiter von Ant weg. Wie die Kunst doch das Leben imitiert, dachte Pip. »Der Butler muss sich verhört haben«, behauptete Lauren nun. »Aber er *ist* ja auch schon alt. Seinen Ohren ist nicht zu trauen. Und warum wenden wir uns jetzt alle gegeneinander? Das ist doch lächerlich.«

»In Ordnung, du *Kommunistin*«, sagte Pip. Es passte nicht so ganz, aber wann hätte sie es sonst sagen sollen?

»Na schön, wisst ihr was?«, fauchte Lauren und verschränkte die Arme vor der Brust. »Du kannst mich mal, Butler …«

»Ich heiße Humphrey«, unterbrach Connor sie und tippte an sein Namensschild.

»Ist mir egal, wie du heißt«, erwiderte sie. »Denn ich weiß genau, dass du auch deine Geheimnisse hast. Ich habe dieses Wochenende zweimal beobachtet, wie du einen Zettel aus deiner Tasche gezogen und ihn angestarrt hast. Ich habe dich sogar einmal dabei erwischt, wie du geweint hast. Was hat es damit auf sich? Was ist diese geheime Notiz, die du mit dir herumträgst, hm?«

»Ich habe keine Ahnung, wovon Sie sprechen, Madam«, antwortete Connor.

»Oh, meinen Sie vielleicht *diese* Notiz?« Jamie sprang auf und stellte sich hinter den Stuhl seines Bruders. Er beugte sich über ihn und fischte einen Zettel aus der Innentasche von Connors Jackett.

»Jamie, was?!« Ungläubig starrte Connor seinen Bruder an. »Wann zur Hölle hast du das da reingesteckt?«

»Ich kenne eben Mittel und Wege.« Jamie lächelte und wedelte mit dem gefalteten Zettel. Pip konnte *Hinweis #3* darauf lesen. »Sieh an, sieh an«, sagte er und faltete die Notiz auseinander. »Dank Ihrer Adleraugen, Lizzie.« Er tat, als würde er lesen. »Interessant. Hier, geben Sie das reihum.« Jamie reichte Pip den Zettel zuerst. Connor beugte sich über ihre Schulter, um ebenfalls zu lesen.

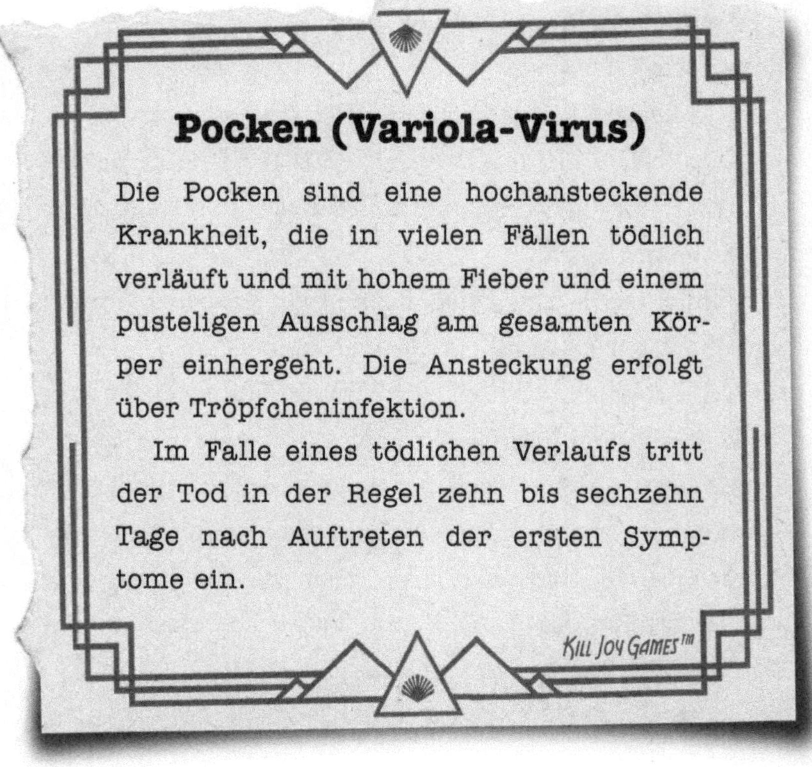

Pocken (Variola-Virus)

Die Pocken sind eine hochansteckende Krankheit, die in vielen Fällen tödlich verläuft und mit hohem Fieber und einem pusteligen Ausschlag am gesamten Körper einhergeht. Die Ansteckung erfolgt über Tröpfcheninfektion.

Im Falle eines tödlichen Verlaufs tritt der Tod in der Regel zehn bis sechzehn Tage nach Auftreten der ersten Symptome ein.

»Merkwürdig«, kommentierte Jamie, während Pip den Hinweis an Cara weiterreichte. »Sieht aus wie eine herausgerissene Seite aus Reginalds Lexika.«

»*Pocken*«, las Zach laut vor, als er die Notiz bekam.

»Die Pocken wurden in den Achtzigern ausgerottet«, erklärte Pip.

»Hey, keine Zeitreisen!« Jamie gab ihr mit seinem Spielleiterheft einen Klaps auf den Hinterkopf.

»Warum hast du das in deiner Tasche?«, wollte Lauren

von Connor wissen, als die Buchseite den Weg in ihre Hände fand. »Und warum liest du es dir immer wieder durch?«

»Dafür gibt es keinen bestimmten Grund«, erwiderte Connor, und seine bereits geröteten Wangen nahmen einen noch dunkleren Farbton an. »Mich interessiert das Thema einfach, das ist alles. Manchmal lese ich gern zum Zeitvertreib, auch wenn der Master das nie guthieß. Er nannte es ›Müßiggang‹. Und deshalb habe ich den Text versteckt.«

»Klingt ziemlich unglaubwürdig«, meinte Cara.

Connor öffnete den Mund, um zu widersprechen, doch dann schloss er ihn wieder und zuckte stattdessen lediglich mit den Schultern. Anscheinend hatte er nicht mehr zum Thema zu sagen. Vielleicht war jetzt ein guter Zeitpunkt für Pip, um sich zum Billardzimmer zu schleichen, den belastenden Beweis zu finden und zu verstecken. Sie legte ihren Stift weg und wollte gerade das Wort ergreifen, als Ant ihr zuvorkam. Verdammt, sie hatte ihre Chance verpasst.

»Wisst ihr was?«, sagte er als Bobby und wedelte mit dem Zeigefinger. »Ich denke das schon das ganze Wochenende, und jetzt, da ich dir gegenübersitze, bin ich mir so gut wie sicher.« Er starrte Cara an. »Ich kenne dich von irgendwoher, Dora Key. Ich bin sicher, dass wir uns schon einmal begegnet sind.«

»Oh, erzähl mir jetzt nicht, dass wir auch miteinander in der Kiste waren«, erwiderte sie schnippisch und tat, als würde sie in ihrem Heft nach dem passenden Text suchen.

»Nein, aber ich habe dich definitiv schon mal irgendwo

gesehen. Irgendwo …« Er tat, als versuchte er, sich zu erinnern, und zwirbelte seinen Bart wie eine Karikatur. Doch dann machte es *klick*, und seine Gesichtszüge veränderten sich.

»Du erinnerst dich, was?«, fragte Cara. »Ich habe dich auch wiedererkannt. Von *irgendwo*. Ziemlich dumm von dir, das Thema anzuschneiden, Bobby. Sieht für uns beide nicht gut aus.«

»Ich weiß«, entgegnete Ant. »Aber mein Heft hat mir befohlen, es zu sagen.«

»Ah, wie blöd. Vielleicht können wir unser kleines Geheimnis trotzdem für uns behalten?«

»Nope, das ist nicht erlaubt«, ging Jamie mit einem leisen Kichern dazwischen. »Raus damit. Sofort.«

»Okay, na schön.« Ant hob die Hände. »Ich kenne dich vom Garza Casino in London. Ich habe dich dort schon ein paarmal gesehen, zusammen mit der Garza-Familie. Ich weiß, dass du es bist. Ich erkenne die, ähm … die tiefen, tiefen aufgemalten Falten in deinem Gesicht wieder.«

»Ah, vielen Dank. Mein schönstes Merkmal«, erwiderte Cara.

»Moment mal«, unterbrach Lauren. »Was hat eine einfache Köchin in so einem Luxuscasino zu suchen?«

Endlich mal eine gute Frage. Pip und ihr Stift warteten bereits.

»Immer diese Vorurteile«, entgegnete Cara. »Arme Menschen spielen auch gern. Und das war, bevor mich Reginald Remy eingestellt hat und ich hierhergezogen bin, daher weiß ich nicht, was euch das überhaupt angeht. Und außerdem, warum konzentriert ihr euch jetzt plötzlich auf mich? Bobby war auch dort. Und noch etwas …« Cara lehnte sich nach vorn. »Ich habe ihn mehrfach dort gesehen. Hing mit einer berüchtigten Gang herum. Und einmal habe ich ihn sogar dabei beobachtet, wie er kleine Päckchen mit weißem Pulver an die Gäste des Casinos verkauft hat.«

»Klingt nach Kokain«, bemerkte Jamie und klopfte sich auf den Polizeihelm.

»Moment«, mischte sich nun auch Zach ein und wandte sich an Ant. »Bobby, du gehst zu den Garzas, unseren Konkurrenten? Unseren Feinden?«

»Nun, es ist ja nicht so, als könnte ich die Remy-Casinos betreten, nicht wahr? Ich habe permanentes Hausverbot bekommen.«

»Dann spielst du also wieder?« Zach blickte aufrichtig verletzt drein. »Du hast das Spielen gar nicht aufgegeben, obwohl du es Vater und uns vor Jahren versprochen hast?«

»Schuldig«, erwiderte Ant und drückte eine Hand auf die mit Nadelstreifen besetzte Brust.

»Vater hat gesagt, er wolle nichts mehr mit dir zu tun haben, solltest du jemals wieder spielen. Hat er es herausgefunden?«

»Nope.«

»Und Mutter? Sie war vor ihrem Tod mit Mr Garzas Frau befreundet. Vielleicht hat Mrs Garza es ihr erzählt.«

»Nope«, wiederholte Ant.

Zach runzelte die Stirn, und ein Schatten fiel über seine Augen. Ralph glaubte seinem Bruder nicht, wie Pip feststellte.

»*Und* du hast mit Kokain gedealt?«, bohrte Pip nach.

»Was denn, glaubst du etwa einer schlichten Köchin? Komm schon, liebste Cousine, wir wissen alle, wie gern ihr auf dem alten Bobby herumhackt, aber es ist doch offensichtlich, dass Dora nur versucht, von sich abzulenken, was sehr verdächtig ist.«

Nun, da hatte er nicht ganz unrecht. Warum war Dora Key mehrfach in einem Luxuscasino gesichtet worden und hatte mit den Erzfeinden der Remys herumgehangen?

Der Streit geriet ein wenig ins Stocken, und wenn Pip jetzt nicht ging, bekäme sie vielleicht keine weitere Chance.

»Hey, können wir kurz Pause machen?«, fragte sie und schlug ihr Notizbuch zu, damit die anderen nicht ihre wachsende Anzahl an Theorien lesen konnten. »Ich muss aufs Klo.«

Jamie nickte. »Ja, klar.«

»Wo gehst du hin?«, wollte Cara wissen und stand ebenfalls auf.

»Habe ich doch gerade gesagt.« Pip drehte sich auf der Schwelle noch einmal um. »Ich muss pinkeln. Und ich verschwinde auch nicht wie Ant, keine Sorge.«

»Kann ich mitkommen?«, fragte Cara und bewegte sich bereits auf sie zu.

»Nein.« Pips Herz begann hinter ihren Rippen, schneller zu schlagen. Cara würde alles ruinieren. Sie *musste* dieses Beweismittel jetzt an sich nehmen. »Ich gehe doch nur aufs Klo, du Spinnerin«, lachte sie und hoffte, dass es genügen würde, um Cara in Schach zu halten. Ihre Handflächen begannen zu schwitzen. Sie hasste es zu lügen, vor allem bei Cara, die für sie mehr eine Schwester als eine Freundin war.

Aber es funktionierte. Cara ließ von ihr ab, und Pip verließ, allein, das Esszimmer und ging über den Flur. Sie öffnete die Tür zum unteren Badezimmer und zog sie so laut zu, dass die anderen es selbst über die Musik hinweg hören würden. Doch Pip war gar nicht im Badezimmer. Sie ging weiter den Flur hinab und schlich so leise wie nur möglich über den Teppichboden.

Vor dem Schrank mit dem sanft wehenden Zettel mit der Aufschrift *Billardzimmer* blieb sie stehen.

Pip streckte die Hand nach dem Griff aus und bemerkte, dass ihre Finger zitterten. Warum war sie so nervös? Das hier war nicht mal echt, nichts davon. Aber es fühlte sich nicht so an. Und sie fühlte sich auch irgendwie anders. Lebendiger, aufmerksamer. Ihre Haut pulsierte, war wie elektrisiert. Sie öffnete den Schrank, und dort auf dem Boden, vor einem Schuhregal, lag etwas, das zuvor nicht dagewesen war: ein zusammengefalteter Zettel mit der Aufschrift *Hinweis #4*.

Sie beugte sich herunter und wollte nach dem Zettel greifen.

Doch sie kam nicht dazu.

Ihre Finger streiften ihn nur, bevor jemand sie von hinten packte.

Kapitel 9

Unsichtbare Hände auf ihren Schultern. Finger, die sich in ihre Haut gruben und sie wegzerrten.

Pip verlor die Balance und fiel hin, landete auf dem Rücken. Endlich konnte sie sehen, wer sie da gepackt hatte. »Cara, was zur Hölle machst du da?«, fragte sie und rappelte sich hoch.

Aber es war zu spät.

Cara hatte bereits den Kopf in den Schrank gesteckt und griff nach dem Zettel. Mit einem breiten Grinsen und den Hinweis in die Höhe haltend drehte sie sich um.

»Habe ich es doch gewusst, dass du irgendwas im Schilde führst«, sagte sie und pikste Pip mit der freien Hand in die Rippen.

»Wie um alles in der Welt konntest du das wissen?«

»Nun, mein Heft hat es mir verraten«, gestand Cara. »Es hat mir gesagt, dass du dich davonschleichen würdest und ich dich aufhalten müsse, bevor du irgendein *Beweismittel* vernichtest.«

»Uff.« Pip drückte sich hoch und entwirrte ihre Arme aus der Federboa. Blödes Spiel. Sie so auffliegen zu lassen. »Na ja, wenigstens wissen wir jetzt, dass du mir nicht beim Pinkeln zusehen willst.«

»Ist nicht mein Ding, sorry«, erwiderte Cara. »Bitte schön.« Sie streckte die Hand aus und hielt Pip den Hinweis hin. Pip griff danach. Er war in unmittelbarer Reichweite. Doch dann zog Cara den Zettel wieder weg und versteckte ihn hinter ihrem Rücken. »Haha, war nur ein Scherz.« Kichernd ging sie zurück in Richtung Esszimmer.

Doch Pip rächte sich und stieß Cara den Zeigefinger in die Achselhöhle.

»Aua, das war meine Brust!« Cara schubste Pip mit dem Po gegen die Wand.

»Was ist denn los da draußen?«, rief Ant. »Prügelt ihr euch etwa?«

Cara löste sich von Pip, rannte ins Esszimmer und hielt den Hinweis in die Höhe. »Pi… sorry, Celia hat versucht, das hier zu verstecken!«, verkündete sie, und Pip schlurfte hinter ihr ins Zimmer.

»Aber nur, weil das Spiel es mir befohlen hat«, wehrte sich Pip, setzte sich wieder auf ihren Stuhl und verschränkte die Arme.

»Ach, doch nicht das brave Mädchen, was?«, neckte Ant sie.

»Was ist das, Dora?«, fragte Jamie. »Öffne es und reiche es herum.«

Date: 22/07/1924

To Harris Pick: to settle a long overdue debt

£ 150,000

CHEQUE

YOUR NAME

£

PAY TO THE ORDER OF

POUNDS

DATE

AUTHORIZED SIGNATURE

324297797423 436346

»Was ist das?«, fragte Zach.

»Ein Scheckbuch. Und es gehört Reginald Remy«, erklärte Cara. »Der jüngste Durchschlag zeigt eine Zahlung an jemanden namens Harris Pick. Der alte Reggie hat ihm Ende Juli einhundertfünfzigtausend Pfund gezahlt.«

Ant pfiff beeindruckt.

»Moment mal«, sagte Zach mit ungewöhnlich fester Stimme, während er von seinem Heft ablas. »Ich kenne diesen Namen. Er und mein Vater haben zusammen im Ersten Burenkrieg gedient. Vater hat immer gesagt, Harris habe ihm das Leben gerettet.«

Es war auch der Name des kommunistischen Agitators, von dem die Regierung vermutete, dass Reginald Remy ihn finanziell unterstützte. Und da war Celias Beweis: einhundertfünfzigtausend Pfund. Das war eine Menge Geld, Millionen aus heutiger Sicht.

»Ja, nun«, Cara warf Pip einen vernichtenden Blick zu, unter dem sich jedoch ein Grinsen versteckte, »ich habe gegen fünf Uhr heute Abend gesehen, wie Celia aus Reginalds Arbeitszimmer kam und das Scheckbuch in ihren Händen hielt. Sie ist diejenige, die den Tresor aufgebrochen und es gestohlen hat!«

»Celia?« Zach blickte verwirrt drein.

»Ja, okay.« Pip seufzte. »Ich war es. Ich habe den Tresor aufgebrochen. Aber es ist nicht so, wie es aussieht. Ich habe nur nach einem Foto von meiner Mutter gesucht, das Reginald verwahrt hat. Da ich es nirgendwo im Haus gesehen habe, dachte ich mir, er müsse es im Tresor aufbewahren. Ich wollte nur wissen, ob ich ihr ähnlichsehe.«

»Ach, erspare uns doch diese traurige Geschichte«, schnaubte Ant. »Wenn das der Fall wäre, warum hast du dann das Scheckbuch gestohlen?«

»Na ja, als ich hineingesehen habe, war nichts darin, außer das hier.« Pip deutete auf den Zettel in Caras Hand. »Ich wollte wissen, wie viel Geld mein Onkel seinen Kindern und deren Partnerinnen schickt.« Sie funkelte Lauren böse an. »Das hat mich schon immer gestört. Ich war eine Waise, und er hätte mir helfen können, doch er hat sich stets dagegen entschieden.«

»Interessant«, mischte sich nun der Inspector ein. »Celia, Sie waren also nur fünfzehn Minuten, bevor der Mord geschah, am Tatort.«

Es sah nicht gut für sie aus.

»Ja, aber«, protestierte Pip, »Dora hat gerade gesagt, sie habe mich um fünf aus dem Arbeitszimmer kommen sehen, was bedeutet, dass ich den Raum lange vor dem Mord verlassen habe. Und warum war *sie* da oben? Vorhin hast du erzählt, du seist um die Uhrzeit zum Gemüsebeet gegangen. Dann musst du also auch gelogen haben.«

»Genau, danke.« Enthusiastisch schlug Zach mit der flachen Hand auf den Tisch. »Dora, du kannst mich gar nicht bei meinem Spaziergang gesehen haben, was bedeutet, dass du auch mein Alibi nicht anzweifeln kannst.«

»Und warum warst du auf dem Weg in Reginalds Studierzimmer?«, wandte sich Pip nun gegen Cara.

»Wisst ihr was? Ich habe es schon zu Ralph gesagt, und ich sage es noch mal«, meldete sich Lauren zu Wort. »Ich mag die Köchin nicht. Sie ist immer da, wo sie nichts zu suchen hat. Als würde sie uns ausspionieren.«

Zuerst schaltete Pip nicht und zuckte eine halbe Sekunde zu spät zusammen. Sie blickte auf, und wieder sah Connor sie an. Er beobachtete sie.

»Du wirkst ein wenig nervös, Celia«, bemerkte er.

»In Ordnung.« Jamie klatschte in die Hände. »Wir kommen der Wahrheit immer näher. Bald werden wir erfahren, wer von Ihnen der Mörder oder die Mörderin ist. Aber zuerst muss der Killer es sich selbst eingestehen. Wenn Sie nun bitte einen Blick unter Ihre Teller werfen würden … Warte, Connor, lass mich zuerst erklären … Darunter finden Sie einen Umschlag mit Ihrem Namen darauf. Darin befindet sich ein Zettel, auf dem steht, ob Sie die Tat begangen haben oder nicht. Aber«, er hob einen Zeigefinger, um das Gesagte zu unterstreichen, »bewahren Sie ein Pokerface. Geben Sie nichts preis, ganz gleich, was auf dem Zettel steht.« Er beäugte sie der Reihe nach, um sicherzugehen, dass sie alle verstanden hatten. Ant sah er am längsten an. »Okay, los.«

Pip schob ihren Teller vor, darauf lag ein verwaistes Pizzastück, von dem sie wusste, dass Connor ein Auge darauf geworfen hatte. Und darunter, die ganze Zeit dort versteckt, lag ein kleiner Umschlag mit ihrem Namen darauf: *Celia Bourne.*

Sie sah sich um. Die anderen rissen bereits ihre Umschläge auf, also griff sie nach ihrem eigenen.

Sie zögerte. Zog die Hand zurück, ballte die Faust.

Was, wenn sie *tatsächlich* die Mörderin war? Sie hatte ein ungutes Bauchgefühl. Celia war nur fünfzehn Minuten vor dem Mord am Tatort gewesen. Was, wenn sie den ausgestellten Scheck an Harris Pick, der Reginalds Hochverrat bewies, gesehen hatte und, auf Befehl ihres Kontaktmanns, ins Arbeitszimmer zurückgekehrt war, um das Leben ihres Onkels zu *beenden*? Ein Messer ins Herz. Sie hatte sich in der Remy-Familie noch nie willkommen gefühlt, nicht wirklich. Vielleicht war ihr Zorn mit ihr durchgegangen. Vielleicht war es aber auch ihre Ausbildung. So oder so: Ein Mann war tot – und sie könnte es gewesen sein. Die Antwort stand direkt da.

Pip öffnete den Umschlag und zog den zusammengefalteten Zettel heraus. Sie hielt ihn ganz nahe bei sich, während sie ihn öffnete. Das Herz schlug ihr bis zum Hals, als sie die Worte las.

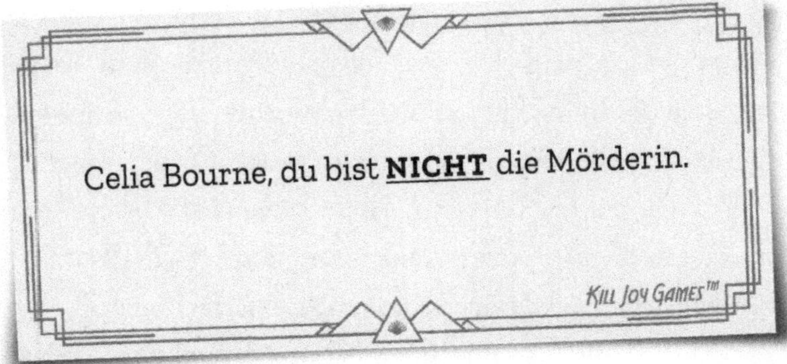

Sie las es erneut, nur um sicherzugehen. Die Stimme in ihrem Kopf betonte jede einzelne Silbe. Sie war nicht die Mörderin. Gott sei Dank. Celia hatte es nicht getan. Sie war unschuldig.

Pip beobachtete, wie die anderen eine ausdruckslose Miene aufsetzten, um ihre Geheimnisse zu verbergen. Connor wackelte unnatürlich mit den Augenbrauen, zog zuerst die eine hoch, dann die andere und umgekehrt. Lauren kicherte und blickte verstohlen nach links und rechts. Ant richtete den Blick zur Zimmerdecke. Cara starrte alle mit so weit aufgerissenen Augen an, dass es – dank der aufgemalten Falten in ihrem Gesicht – beinahe so wirkte, als wären ihre Augenwinkel gerissen. Zach schwieg und gab sich Mühe, möglichst neutral dreinzublicken.

Wenn sie es nicht war, hatte jemand anderes an diesem Tisch die Tat begangen. Aber wer? Alle hatten sie die Möglichkeit dazu gehabt. Alle hatten ein Motiv. Und Pip hatte sieben Seiten voller Notizen, warum sie Reginald Remy umgebracht haben könnten. In ihren Augen wirkten sie alle schuldig, aber es konnte nur einer sein.

»Großartige schauspielerische Leistung«, kommentierte Jamie und musterte sie alle. »Okay, nun, da der Mörder oder die Mörderin Bescheid weiß, wird es Zeit für den letzten Hinweeeiiis«, sang er in der Melodie von »The Final Countdown«. Connor übernahm mit kratzigen *do-do-doooos* den Instrumentalpart.

»Wie es scheint, hat einer von Ihnen heute Abend versucht, den guten alten Inspector Howard Whey an der Nase herumzuführen«, sagte Jamie und stieß sich den Daumen in die Brust. »Einer von Ihnen hat versucht, ein erdrückendes Beweismittel an einer Stelle zu verstecken, an die niemand von uns gedacht hätte. Hat versucht, es in den Essensresten zu verbergen, damit es vernichtet wird.«

»Hä?«, machte Connor, und eine seiner Augenbrauen wanderte wieder nach oben, während er seinen Bruder verwirrt anstarrte.

Pip folgte Jamies Blick zur Tischmitte. Die drei roten Kerzen flackerten dort vor sich hin, und da waren der wachsende Berg an Hinweisen, ein paar leere Rotweinflaschen und die Bierdosen, die Connor getrunken hatte. Ihre Teller waren leer, abgesehen von Pips, weil sie zu sehr mit Nachdenken beschäftigt gewesen war. Was meinte Jamie bloß? Was hatte sich hier verändert?

Und dann machte es *klick*. Noch etwas war vorhin auf dem Tisch gewesen und jetzt nicht mehr.

»Die Pizzakartons!« Pip sprang von ihrem Stuhl auf.

Jamie zuckte mit den Schultern, konnte sich jedoch das Grinsen nicht vollends verkneifen.

»Wo sind sie? Bei den Mülltonnen?«, fragte Connor, doch Jamie gab nichts preis. »Kommt«, forderte Connor sie auf und stürmte aus dem Esszimmer in Richtung Küche. Pip folgte ihm mit dem Notizblock in der Hand auf den Fersen.

Die Domino's-Pizzakartons standen aufgestapelt in der Ecke neben der Mülltonne. Connor kniete sich – aufgrund von Humphrey Todds fortgeschrittenem Alter ein wenig umständlich – hin, begann, die Kartons hervorzuziehen, und öffnete die Pappdeckel, während sich die anderen um ihn versammelten.

»Aha«, rief er und hielt einen mit Fett und Knoblauchsoße beschmierten Zettel in die Höhe. Darauf entdeckte Pip die Worte *Letzter Hinweis*.

»Sehen Sie? Inspector Howard Whey entgeht nichts«, sagte Jamie triumphierend. »Bitte reichen Sie die Notiz herum, Humphrey.«

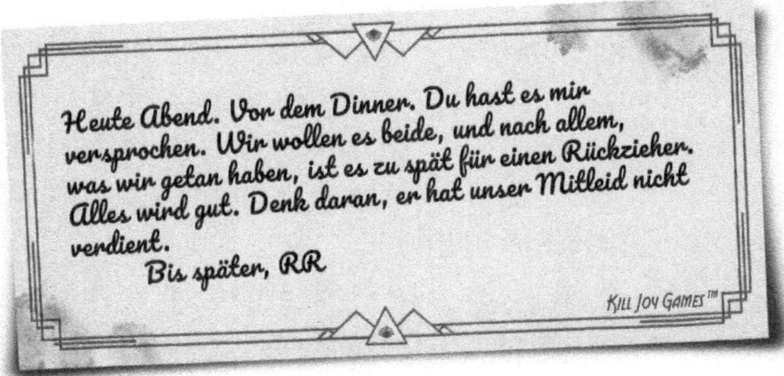

Heute Abend. Vor dem Dinner. Du hast es mir versprochen. Wir wollen es beide, und nach allem, was wir getan haben, ist es zu spät für einen Rückzieher. Alles wird gut. Denk daran, er hat unser Mitleid nicht verdient.

Bis später, RR

»Oh, wie pikant«, bemerkte Connor. »Im wahrsten Sinne des Wortes«, fügte er hinzu und wischte das Fett von seinen Fingern.

»RR«, überlegte Lauren. »Nun, das muss von einem von euch beiden sein.« Sie wandte sich den Remy-Brüdern zu.

»Und Bobby hat heute bereits eine Notiz hinterlassen, die er mit RR, Robert Remy, unterzeichnet hat«, sagte Pip, doch ihr ging etwas durch den Kopf, ein unausgereifter Gedanke, den sie noch nicht ganz greifen konnte. Was war es? Was störte sie so sehr an dieser Notiz?

»Sieht mir ganz nach einer Nachricht aus, die jemand der Frau seines Bruders schreibt, weil sie hinter seinem Rücken vögeln«, bemerkte Cara. »Hattet ihr heute Abend geplant, noch mehr *gewisse* Dinge miteinander zu treiben?«, fragte sie Lauren und Ant.

Pip dachte kurz darüber nach. Es schien zu passen, aber ihr Bauchgefühl sagte ihr, dass an dieser Geschichte irgendetwas faul war.

»Oder klingt es eher nach einem Mordkomplott? Zwei Mörder?«, warf Connor aufgeregt in die Runde.

Auch das ließ sich Pip durch den Kopf gehen. Das könnte auch sein, so, wie die Notiz geschrieben war. Ihre Gedanken schwirrten.

»Als der geniale Inspector, der ich nun mal bin«, schaltete Jamie sich ein, »kann ich bestätigen, dass nur einer von euch sechs die Tat begangen hat. Und jetzt«, er klatschte laut in die Hände, »ist es an der Zeit, den Mörder oder die Mörderin zu offenbaren. Die Wahrheit ans Licht kommen zu lassen. Wenn Sie bitte wieder Ihre Plätze im Esszimmer einnehmen würden.« Er deutete den Flur hinab.

Sie stolperten aus der Küche. Während die anderen wild miteinander diskutierten und Theorien austauschten, schwieg Pip, blieb allein mit ihren Gedanken. Sie ging den gesamten Fall von Anfang bis Ende noch einmal durch, wie Celia Bourne es womöglich getan hätte. Zerlegte jeden Hinweis, betrachtete ihn aus einem anderen Blickwinkel.

Erneut nahmen sie alle sechs am Tisch Platz. Sofort widmete sich Pip ihren Notizen, blätterte fiebrig durch die Seiten, deren Handschrift im Verlauf des Abends immer krakeliger geworden war. So viele Verdächtige. So viele Gründe, Reginald Remy tot sehen zu wollen. Aber wer hatte es tatsächlich getan? Alles schien in eine bestimmte Richtung zu deuten: zu Robert »Bobby« Remy. Von Anfang an hatten die Hinweise ihn in ein schlechtes Licht gerückt. Beinahe zu viele, und irgendetwas daran fühlte sich falsch an. Ihr entging etwas.

Pip hatte gerade begonnen, ihre Rollennamen untereinander zu schreiben, um einen nach dem anderen durchstreichen zu können. Doch dann wurde die Welt schwarz, verschwand vor ihren Augen.

Alles wurde von der Dunkelheit verschluckt, als die Lichter flackernd erloschen. Die Musik erstarb und hinterließ eine nervenaufreibende, vibrierende Stille.

Sie zerbrach nur eine Sekunde später, als jemand schrie.

Kapitel 10

»Lauren, hör auf zu schreien«, kam Connors panische Stimme irgendwo von rechts.

Pips Augen gewöhnten sich an die Dunkelheit. Nun war sie nicht mehr komplett blind. Die drei flackernden Kerzen spendeten ein schwaches orangefarbenes Licht, und Pip konnte die anderen gerade so anhand ihrer Umrisse erkennen.

Eine neue, gesichtslose Silhouette gesellte sich zu ihnen, stand dort im Türrahmen, der Kopf viel zu groß und unförmig.

»Was habt ihr gemacht?«, fragte der Schatten mit Jamies Stimme.

»Wir haben gar nichts gemacht«, erwiderte Connor.

»Ach fuck, bestimmt ein Stromausfall«, vermutete Jamie und verlagerte das Gewicht von einem Fuß auf den anderen, ein Kräuseln im Dunkeln.

»Kein Stromausfall«, sagte Pip. Ihre eigene Stimme kam ihr merkwürdig vor, wie sie durch die unnatürliche Stille schnitt. »Seht mal, da draußen.« Sie deutete aus dem Fenster und vergaß dabei völlig, dass sie nur eine undeutliche Form in der Dunkelheit war. »Man sieht die beleuchteten Fenster in der Nachbarschaft. Alle anderen haben noch Strom. Irgendwie muss wohl eine Sicherung rausgeflogen sein.«

»Ah«, sagte Jamie. »Habt ihr irgendwas eingestöpselt?«

»Nein.« Wieder Connors Stimme. »Wir saßen einfach da. Alexa war an.«

»Ist nicht schlimm. Wir müssen nur die Sicherung wieder reinmachen.« Pip stand auf. »Wisst ihr, wo der Sicherungskasten ist? Draußen?«

»Nein, im Keller, glaube ich«, erwiderte Jamie. »Ich weiß es nicht genau. Ich gehe nie in den Keller.«

»Weil es da unten megaunheimlich ist«, fügte Connor unnützerweise hinzu.

»Habt ihr schon mal eine rausgeflogene Sicherung wieder reingemacht?«, fragte Pip. Das Schweigen der Reynolds-Brüder war Antwort genug. Und die anderen blieben ebenfalls stumm. »Na schön.« Sie seufzte. »Ich mache es.«

Wäre Pips Dad jetzt hier, würde er heftig den Kopf schütteln. Sicherungskästen hatten zu seinen ersten *Lektionen im Leben* gehört. Zugegeben, Pip hätte so etwas vielleicht nicht unbedingt mit neun Jahren lernen müssen, aber solche Lektionen waren nun mal fürs *ganze* Leben, wie er immer zu sagen pflegte. Wehe, man kam auf das Prüfen des Ölstands im Auto zu sprechen …

»Brauchst du nicht eine Taschenlampe oder irgendwas?«, fragte Connor.

»Oh, Connor«, meldete sich Lauren, die auf der gegenüberliegenden Seite des Tisches beinahe unsichtbar war, »du solltest unsere Handys endlich aus dem Schrank holen, damit wir die Taschenlampenfunktion benutzen können.«

»Na schön«, erwiderte Connor über das schabende Geräusch seines Stuhls hinweg, als er aufstand. »Das passt dann zwar nicht mehr zu 1924, aber gut.« Gedämpfte Schritte, dann ein neues Geräusch: seine Hände, die die Heizung abtasteten, das metallische Scheppern viel lauter, als es eigentlich sein sollte. »Mist«, zischte er. »Ich kann den Schlüssel nicht finden. Ich weiß, dass ich ihn hier irgendwo hingelegt habe.«

»Verdammte Scheiße, Connor!«, schimpfte Lauren. »Ich brauche mein Handy.«

»Schon gut, schon gut«, beschwichtigte Pip. Sie griff über den Tisch nach einer der Kerzen, und ihr Atem brachte die Flamme zum Tanzen. »Das geht auch. Ich sehe genug. Und sobald das Licht wieder an ist, finden wir den Schlüssel.« Sie nutzte das Licht der flackernden Flamme, um sich einen Weg um den im Türrahmen lehnenden Jamie herum zu bahnen.

»Brauchst du Hilfe?«, fragte er.

»Nein, ist schon in Ordnung.« Sie wusste, dass er unbedingt das Spiel zu Ende bringen wollte, bevor sie alle gehen mussten, aber das hier war ein Job für nur eine Person. Pip fand – zumindest meistens –, dass andere einen nur aufhielten. Deshalb hasste sie auch Gruppenarbeit. »Bin gleich wieder da. Keine Sorge.«

Sie war noch nie im Keller der Reynolds gewesen, aber es gab nur eine Tür, die es sein konnte. Eine ohne Schild. Eine, die auf Remy Manor keine Rolle spielte. Die Tür unter der

Treppe. Sie senkte die Kerze, um den Türgriff zu finden, und streckte die Hand danach aus. Das Metall war kalt, biss in ihre Haut.

»Ich glaube, der Sicherungskasten ist ganz hinten links«, sagte der Jamie-Umriss.

»Alles klar«, erwiderte sie und öffnete die Tür.

Sie quietschte. Natürlich musste sie quietschen. Das Geräusch hallte durch den dunklen Flur, machte sie nervös. *Reiß dich zusammen, Pip. Es ist nur eine alte Tür, die so gut wie nie geöffnet wird.*

Vor ihr tat sich ein gähnender Schlund auf, der so unfassbar dunkel war, dass ihre Augen ihn zum Leben erweckten, Schatten daraus hervorquellen ließen, die sie holen wollten. Sie zu einer von ihnen machen wollten. Einzig und allein durch eine winzige Flamme in ihrer Hand im Zaum gehalten. Irgendwo musste die Treppe sein, das wusste sie. Mit ihrem Schuh tastete sie nach der ersten Stufe, bevor sie sie betrat. Verlor ihre Füße an die Finsternis.

Hier unten war die Luft kühler und abgestandener, und mit jeder Stufe wurde es dunkler. Ihre Flamme war dabei, den Kampf zu verlieren.

Die vierte Stufe knarzte. Natürlich.

Pips Herz setzte bei dem Geräusch einen Schlag aus, obwohl ihr Kopf ihr sagte, dass das lächerlich war. Dieses ganze Gerede über Mord musste sie aufgewühlt haben.

Auf der sechsten Stufe streifte irgendetwas ihren nackten Arm. Etwas Zartes, das sie kitzelte. Wie sanfte Fingerspitzen.

Sie wischte es weg. Eine Spinnwebe. Sie klebte an ihr, hielt ihre Hand fest, hielt sie gefangen. Pip wischte sie an ihrem Kleid ab und stieg weiter die Stufen hinab.

Sie hob den Fuß, bereit für die nächste Treppenstufe, doch da war keine. Nur Boden. Sie war unten angekommen, war jetzt im Keller. Ein Schauer lief ihr über den Rücken. Sie blickte hinter sich, um sicherzugehen, dass der Rückweg immer noch da war. Der hellere Umriss der Flurtür war noch zu sehen. Würde irgendjemand auf die Idee kommen, dass es lustig wäre, sie hier unten einzusperren, würde heute Abend tatsächlich noch ein Mord geschehen. Das schwor sie bei Gott.

Ein Rascheln hinter ihr.

Pip schnellte herum, und die Flamme hatte Mühe, mit ihr mitzuhalten.

Sie konnte nichts sehen, außer … Doch, sie konnte etwas sehen. Da drüben in der Ecke. Da war der Sicherungskasten, nur ein paar Schritte entfernt. Sie ging darauf zu und hob die Kerze in die Höhe, um besser sehen zu können. Alle Schalter zeigten nach unten, auch der rote Hauptschalter ganz außen.

Ihre Finger hielten mitten in der Luft inne. Da war ein Flüstern in der Dunkelheit. Hatte sie wirklich etwas gehört? Sie war sich nicht sicher, denn ihr Herz trommelte zu laut in ihren Ohren.

Pip hielt die Kerze über ihren Kopf, um so viel wie möglich vom Kellerraum zu erhellen.

Da sah sie ihn.

In der Ecke stand ein Mann, den Kopf schiefgelegt, als würde er sie neugierig beobachten.

»W-wer ist da?«, fragte sie mit zitternder Stimme.

Doch er antwortete nicht. Stattdessen tat es der Wind, pfiff durch die versteckten Ritzen irgendwo über ihr.

Pips Finger zitterten und mit ihnen die Flamme – und der Mann bewegte sich. Kam auf sie zu.

»Nein!«

Sie wirbelte zum Sicherungskasten herum. Sie brauchte das Licht. Jetzt. Sie hatte nur noch wenige Sekunden, bis …

Sie konzentrierte sich, umklammerte fest die Kerze. Ihr Atem beschleunigte sich, ein und aus und … Oh nein. Jetzt war die Finsternis vollkommen, verschluckte sie, umhüllte sie. Sie hatte die Kerze ausgeblasen. Oh Scheiße, ach fuck, oh nein. Sie fummelte am Sicherungskasten, legte blind mit dem Daumen irgendwelche Schalter um. Hoch, hoch, hoch, hoch. Ihre Finger fanden die breitere Form des Hauptschalters, und sie legte ihn um.

Das Licht ging an – und der Schattenmann war verschwunden. Verschwunden, denn er war nichts weiter als ein Stapel aus Kartons mit einem Leintuch darüber. Hier unten war nur Pip, auch wenn ihr Herz ein paar Sekunden brauchte, um ihr zu vertrauen.

Von oben hörte sie Jubel und Freudenschreie.

»Gut gemacht, Pip!«, rief Jamies Stimme. »Komm wieder hoch!«

Zuerst wollte sie kurz durchatmen und warten, bis die

Furcht aus ihrem Gesicht gewichen war. Was war nur in sie gefahren? Es war doch nur ein Keller, unordentlich und staubig. Aber, Moment mal … Warum konnte sie überhaupt etwas sehen? Warum war das Licht hier unten an gewesen? Merkwürdig.

Zurück an der Treppe, waren nun alle Schatten vertrieben. Mit der toten Kerze in der einen Hand und der anderen am Geländer ging sie wieder nach oben und wich den restlichen Spinnweben aus. Doch dann entdeckte sie etwas, das sie hier unten nicht erwartet hatte. Es starrte ihr geradewegs ins Gesicht: ein Umschlag, der auf Höhe der vierten Stufe zwischen zwei Pfosten steckte. Ein Umschlag mit der Aufschrift *Ein geheimer Hinweis, nur für dich.*

Moment mal … was?

Pip griff danach, um sicherzugehen, dass er echt war.

War er. In der Ecke war das Logo von *Kill Joy Games TM* zu sehen.

Sie atmete aus, doch es verwandelte sich in ihrer Kehle zu einem zittrigen Lachen.

Dieser verdammte Jamie Reynolds.

Nichts davon war echt gewesen. Nichts der letzten Minuten.

Es gehörte alles zum Spiel: der Stromausfall, Jamie, der so tat, als wüsste er nicht, was man mit einer herausgeflogenen Sicherung machte. Wahrscheinlich war die Sicherung gar nicht rausgeflogen. Jamie musste hier unten gewesen sein und die Schalter umgelegt haben, während sie alle unwissend im Esszimmer gewartet hatten. Das war alles geplant gewesen, um jemanden in den Keller zu locken. Und diese Person hatte sich den geheimen Hinweis redlich verdient.

Er gehörte ihr.

Grinsend riss Pip den Umschlag auf und überflog die Seite.

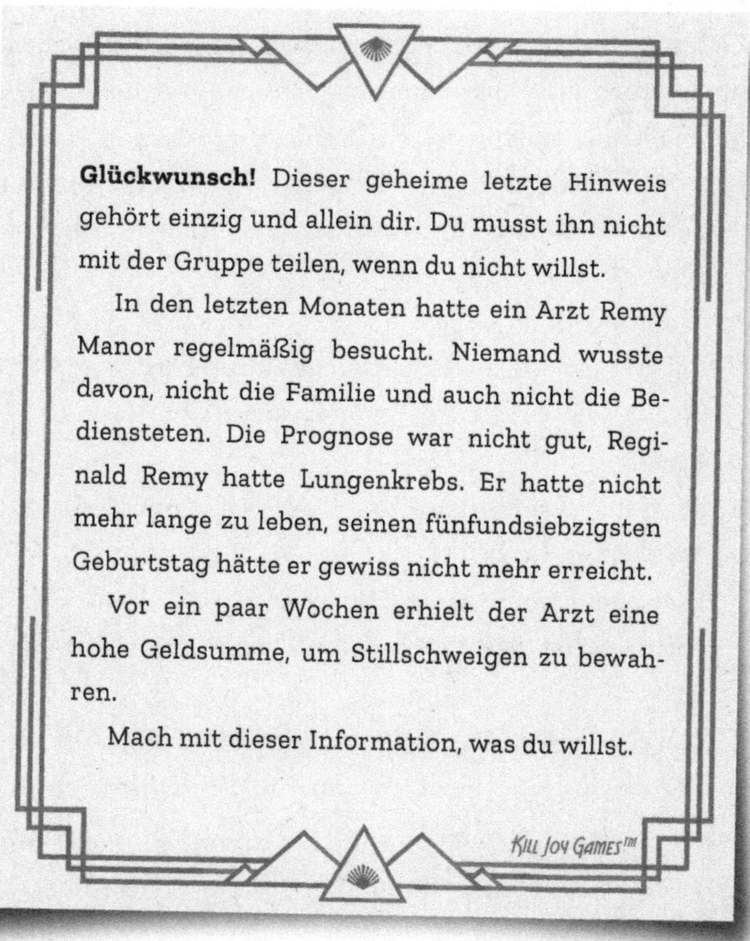

Glückwunsch! Dieser geheime letzte Hinweis gehört einzig und allein dir. Du musst ihn nicht mit der Gruppe teilen, wenn du nicht willst.

In den letzten Monaten hatte ein Arzt Remy Manor regelmäßig besucht. Niemand wusste davon, nicht die Familie und auch nicht die Bediensteten. Die Prognose war nicht gut, Reginald Remy hatte Lungenkrebs. Er hatte nicht mehr lange zu leben, seinen fünfundsiebzigsten Geburtstag hätte er gewiss nicht mehr erreicht.

Vor ein paar Wochen erhielt der Arzt eine hohe Geldsumme, um Stillschweigen zu bewahren.

Mach mit dieser Information, was du willst.

Die Welt um Pip herum hörte auf, sich zu drehen. Staubkörner schwebten bewegungslos in der Luft um ihren Kopf, und das Geheimnis zerknitterte in ihren Händen. Reginald Remy wäre sowieso gestorben – und er hatte es gewusst. Doch er hatte nicht gewollt, dass sonst jemand davon erfuhr. Das änderte alles. Den ganzen Fall. Das war sie, die neue Perspektive, die sie gebraucht hatte. Die Geschichte, die sich die ganze Zeit darunter verborgen und dieses seltsame Bauchgefühl in ihr ausgelöst hatte. Jetzt fügte sich alles zusammen. Die Verdächtigen sortierten sich vor ihren Augen neu und …

Jamie rief erneut nach ihr.

»Komme«, rief sie, erreichte den oberen Treppenabsatz und schob den Zettel unter ihren BH-Träger unter ihrem Kleid.

Sie betrat das Esszimmer, in dem die anderen sie bereits erwarteten. Als sie sich setzte und die Kerze abstellte, bemerkte sie Jamies Blick und das kleine geheimnisvolle Grinsen auf seinen Lippen. Sie erwiderte es mit einem kaum merklichen Nicken.

»Okay«, sagte Jamie und schlüpfte wieder in die Rolle des Inspector Howard Whey. »Jetzt ist es aber wirklich Zeit für die Wahrheit. Jetzt müssen Sie alle Ihren Tipp abgeben. Wer ist der Mörder oder die Mörderin? Bitte schlagen Sie die letzte Seite Ihres Hefts auf.«

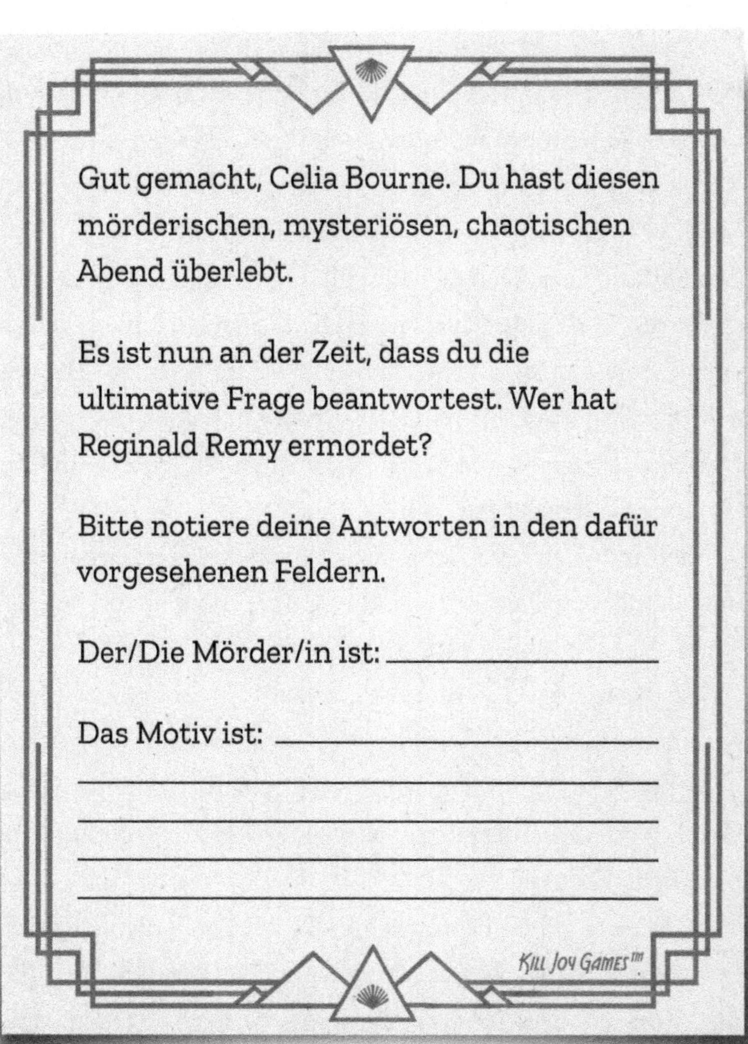

Gut gemacht, Celia Bourne. Du hast diesen mörderischen, mysteriösen, chaotischen Abend überlebt.

Es ist nun an der Zeit, dass du die ultimative Frage beantwortest. Wer hat Reginald Remy ermordet?

Bitte notiere deine Antworten in den dafür vorgesehenen Feldern.

Der/Die Mörder/in ist: ______________________

Das Motiv ist: ______________________________

____

____

____

____

Kill Joy Games™

Kapitel 11

Pip wusste es.

Sie wusste, wer Reginald Remy umgebracht hatte.

In ihrem Kopf fügten sich alle Puzzleteile zusammen, alle Details, die schon beinahe in Vergessenheit geraten und durch den Stromausfall in ein neues Licht gerückt worden waren. Die Hinweise. Nicht nur, was sie mitteilten, sondern wie sie es taten. Nicht die Worte, sondern ihre Form. Die Schriftart. Sie sah jeden Einzelnen im Raum an, spielte es in ihrem Kopf durch, während ihre Augen von einem Verdächtigen zum nächsten wanderten. Die Person, die den Mord begangen hatte, war in diesem Raum, auf diesem Landgut, auf dieser einsamen Insel, zu der täglich nur ein einziges Boot fuhr.

Die Wahrheit war die ganze Zeit da gewesen, direkt unter all den offensichtlichen Hinweisen und Geheimnissen. Meine Güte, wie naiv sie doch gewesen war, die ganze Zeit darauf hereinzufallen. Natürlich wäre es niemals so offensichtlich gewesen, so einfach. Schließlich ging es hier um Mord. Aber jetzt hatte sie alles beisammen, den ganzen komplizierten Sachverhalt. Jede Wendung und jede Biegung. Und sie brauchte mehr als die paar lächerlichen Zeilen, die das Heft für das Motiv vorsah, um alles aufzuschreiben.

»In Ordnung«, Jamie stützte sich auf die Ellbogen, »gehen wir reihum, und alle erzählen ihre Theorie, bevor ich die Wahrheit offenbare. Lauren? Willst du anfangen?«

»Okay«, erwiderte sie, fummelte an ihrer Perlenkette und zog sie enger um ihren Hals. »Also, ich glaube, die Mörderin ist … Cara. Dora Key, die Köchin, meine ich.« Sie hielt inne, während Cara wie immer nach Luft schnappte und beleidigt dreinblickte. »Ich glaube, dass sie mit unseren Feinden, den Garzas, unter einer Decke steckt und unter falschem Vorwand hier ist. Ich glaube, sie wurde geschickt, um Firmengeheimnisse auszuspionieren und dann meinen Schwiegervater umzubringen.«

Mit manchem hatte sie recht, dachte Pip. Aber das Wichtigste hatte sie übersehen.

»Ant, dein Tipp?«, fragte Jamie.

»Na ja, der einzige Mörder weit und breit ist … Sal Singh«, erwiderte er mit einem Grinsen. »Muss sein Geist gewesen sein. Zuerst Andie Bell und jetzt auch noch der arme Reginald Remy.«

»Ant!« Cara rutschte auf ihrem Stuhl nach vorn und versuchte, ihm unter dem Tisch einen Tritt zu verpassen.

»Aua, ist ja gut.« Beschwichtigend hob Ant die Hände. »Ähm, ich tippe auf … Pip. Wie heißt du noch mal?«

»Celia«, erwiderte sie und funkelte ihn böse an.

»Celia, richtig. Ich denke, wir haben es hier mit einem klassischen Fall zu tun, bei dem das gute Mädchen böse geworden ist. Ich glaube, Pip würde es am meisten stören, die Mörderin zu sein. Also, ja.«

»Was für eine fundierte Begründung«, kommentierte Jamie ein wenig genervt. »Der Nächste.«

Nun war Zach an der Reihe. Pip beobachtete ihn aufmerksam, während er sich räusperte.

»Ich glaube, dass mein Bruder der Mörder ist, Bobby Remy«, sagte er, ohne die anderen anzusehen. »Bobby hat das Glücksspiel nie aufgegeben, und ich glaube, meine Mutter hat es herausgefunden. Ich glaube, sie hat ihn auf dem schicksalhaften Spaziergang vor einem Jahr darauf angesprochen. Und ich glaube, mein Bruder hat sie ermordet, sie von der Klippe gestoßen.«

Ja, Pip hatte recht. Ralph Remy hatte schon immer seinen Bruder verdächtigt, ihre Mutter umgebracht zu haben.

»Er hat schon einmal gemordet, und ich glaube, jetzt hat er es wieder getan«, fuhr Zach fort. »Er wusste, dass mein Vater ihn enterben würde, und er wollte das Geld. Das ist alles, was er jemals in meinem Vater gesehen hat: eine Bank. Und genau aus dem Grund hat er versucht, das neue Testament zu vernichten. Deshalb hat er Vater mit einem Stich ins Herz ermordet. Oh, und diese Notiz mit dem Treffen vor dem Dinner? Die war von Bobby an meine Frau Lizzie. Aber damit wollte er sich lediglich ein Alibi verschaffen, um sagen zu können, dass er zum Tatzeitpunkt mit Lizzie zusammen war, auch wenn sie es abstreiten würde.«

Falsch, dachte Pip. So war es nicht gewesen, genau das war der entscheidende Punkt. Es ging weit darüber hinaus. Es war etwas zwischen den Zeilen.

»Connor?« Jamie deutete auf seinen Bruder.

»Ja, also, ich glaube auch, dass es Celia Bourne war.« Er warf Pip einen schiefen Blick zu. »Ich glaube, sie ist eine russische Spionin oder so was, weil sie immer wieder auf das Wort reagiert hat. Und sie hat versucht, belastendes Beweismaterial zu verstecken. Ich glaube, ihr Grund, warum sie Reginalds Tresor aufgebrochen hat, war eine Lüge. Was auch immer sie darin gefunden hat, etwas, das mit diesem Harris Pick zu tun hat – ihre Mission war es, Reginald Remys Leben zu *beenden*.«

Pip war von seinen investigativen Fähigkeiten beeindruckt, auch wenn er komplett falschlag. Sie glättete ihre Gesichtszüge, zeigte keinerlei Regung. Sie war als Nächstes an der Reihe. Kreisend ließ sie ihren Nacken knacken, bereitete sich darauf vor.

»Cara?«, fragte Jamie und überging sie einfach. Ah, sie sollte als Letzte drankommen. Vielleicht, weil sie den zusätzlichen Hinweis bekommen hatte. Wahrscheinlich dachte er, dass sie es am ehesten wüsste. Und er hatte recht.

»Ja, also, auch wenn seine Rolle die nervigste Person aller Zeiten ist«, sagte Cara, und die aufgemalten Falten tanzten auf ihrem Gesicht, »tippe ich auf Bobby Remy. Alles deutet auf ihn hin, glaube ich. Er hat eine Affäre mit der Frau seines eigenen Bruders. Er ist spielsüchtig und hat sich mit irgendwelchen Gangstern eingelassen. Wie Ralph schon sagte – seine Mutter hat er wahrscheinlich auch umgebracht. Er will Reginalds Geld. Deshalb hat er das neue Testament vernichtet und seinen Vater ermordet.«

Cara war komplett darauf hereingefallen, genau wie geplant.

Und jetzt war Pip dran.

Sie sprang auf, bevor Jamie überhaupt die Möglichkeit hatte, ihren Namen zu nennen.

»Okay, bevor wir offenbaren, wer hinter dem Mord steckt«, begann sie, »müssen wir zuerst klären, wer nicht involviert ist. Ja, Dora Key«, sie deutete auf Cara, »wurde von der Garza-Familie eingeschleust. Sie haben die letzte Köchin gezwungen, ihre Kündigung einzureichen, und Dora hat sich die Stelle geschnappt, um das Geschäft der Remys auszukundschaften und den Garzas Bericht zu erstatten. Aber meinen Onkel Reginald hat sie nicht ermordet. Warum sollte sie? Sie und die Garzas hätten davon keinen Nutzen gehabt.«

Lauren wirkte enttäuscht, also wandte sich Pip ihr als Nächstes zu. »Lizzie, du bist ganz sicher kein Unschuldslamm. Du hast immer wieder von der Remy-Familie gestohlen, vom London-Casino Geld abgeschöpft. Vielleicht wolltest du dir finanzielle Sicherheit schaffen, für den Fall, dass dein Mann herausfindet, dass du mit seinem Bruder schläfst und er sich von dir scheiden lässt. Reginald hat herausgefunden, dass du die Diebin bist, und vielleicht hattest du Angst, dass er zur Polizei geht. Aber du bist nicht die Mörderin, obwohl du wahrscheinlich erleichtert bist, dass er tot ist.

Humphrey Todd«, sie richtete den Blick nun auf Connor, »du hast Reginald Remy gehasst. Hast ihm sogar den Tod gewünscht. Du hast behauptet, der Grund sei, dass du ihn um ein paar freie Tage gebeten hast, um deine Tochter zu besuchen, und er abgelehnt hat. Das stimmte«, sie hielt kurz inne, »doch das war nur die halbe Wahrheit. Der Grund, warum du dir vor zwei Wochen freinehmen wolltest, war, dass deine Tochter – die einzige Familie, die dir noch geblieben ist – eine tödliche Krankheit hatte: Pocken. Aber Reginald hat Nein gesagt, und deine Tochter ist kurz darauf verstorben. Du konntest dich nie von ihr verabschieden. Deshalb hast du ihn am Ende so gehasst, und Rache ist ganz gewiss ein starkes Motiv. Aber auch du hast Reginald Remy nicht ermordet.«

Connors Wangen waren so gerötet, dass Pip sofort wusste, dass sie den Nagel auf den Kopf getroffen hatte.

»Was mich angeht«, sagte sie, die Hand auf die Brust gelegt, »ja, Humphrey, du hast zumindest teilweise recht. Ich bin tatsächlich eine Spionin, die für Seine Majestät arbeitet, und ich wurde damit beauftragt, meinen Onkel auszukundschaften, um herauszufinden, ob er ein Unterstützer kommunistischer Aktivitäten ist. Harris Pick ist ein bekannter kommunistischer Agitator. Aber ich habe meinen Onkel nicht umgebracht, und meine Mission ist gescheitert. Reginald hat keine Kommunisten unterstützt, er hat lediglich seine Schulden beglichen. Hat einem alten Freund Geld geschickt, der ihm im Krieg das Leben gerettet hat. Denn, und genau das ist der Knackpunkt … Reginald Remy wusste, dass er bald sterben würde.«

»Was?«, fragten Lauren und Ant wie aus einem Mund, während die anderen sie mit großen Augen anstarrten.

»Hier.« Sie zog den geheimen Hinweis aus ihrem Kleid und warf ihn in die Tischmitte. »Ein geheimer Hinweis, der für denjenigen, der die Sicherung wieder reinmacht, im Keller versteckt war. Reginald hatte Lungenkrebs, und der Arzt hatte ihm gesagt, dass ihm nicht mehr viel Zeit bliebe. Vor wenigen Wochen hat der Arzt eine Menge Geld bekommen, damit er Stillschweigen bewahrt.«

»Oh Scheiße«, murmelte Zach und senkte den Blick auf den Hinweis.

»So was von Scheiße«, fuhr Pip fort. »Du hast recht, Dora Key, dass alles auf Bobby Remy hindeutet, doch dafür gibt es einen ganz bestimmten Grund. Während die meisten von uns für den Tatzeitpunkt kein richtiges Alibi hatten, hatten zumindest zwei sehr wohl eins.« Mit dem Kopf deutete sie auf Lauren und Ant. »Lizzie und Bobby Remy waren zum Zeitpunkt des Mordes zusammen – und haben ohne Zweifel *gewisse Dinge* angestellt. Lizzie würde es niemals zugeben, nicht vor ihrem Mann Ralph, denn sie hat Angst, dass er sich scheiden lässt und sie den Wohlstand verliert, an den sie sich so gewöhnt hat. Bobby musste mitspielen und behaupten, er habe einen Spaziergang gemacht, denn Lizzie hätte ihn niemals gedeckt, und das wusste er. Wie auch unser Mörder, der ganz genau wusste, wo sich Bobby Remy zum Tatzeitpunkt aufhalten würde und dass er niemals ein glaubwürdiges Alibi vorlegen könnte. Wenn also weder Lizzie noch Bobby den Mord begangen haben, bleibt nur noch eine einzige Person unter uns Gästen übrig.«

Sie richtete den Blick auf Zach. »Ralph Remy, du bist der Mörder.«

»Was?«, stieß Connor aus, doch für sie klang es wie aus weiter Ferne, aus einer anderen Welt.

»Auch wenn ich nicht weiß, ob wir dich wirklich als *Mörder* bezeichnen können, denn dein Vater wollte, dass du es tust.«

»Was?!«, kam diesmal von Cara.

»Ganz richtig. Ralph Remy, Reginald Remy und eine weitere Person haben den ganzen Plan ausgeklügelt.« Sie hielt inne, das Herz klopfte in ihrer Brust bis in ihren ausgestreckten Zeigefinger. »Inspector Howard Whey.«

Jamie erstarrte. Er senkte die Augenbrauen und musterte sie durchdringend.

»Was?!« Das war Lauren.

»Ralph hatte schon immer vermutet, dass sein Bruder Bobby ihre Mutter letztes Jahr umgebracht hat. Sie von der Klippe stieß, weil sie herausgefunden hatte, dass er wieder spielt. Reginald Remy wusste es auch, tief in seinem Inneren, dass sein ältester Sohn ein Mörder ist und ihn der Liebe seines Lebens beraubt hat. Doch es war nicht das erste Mal, dass Bobby jemanden umgebracht hatte. Oh nein. Nachdem Reginald Remy seine Schulden bei den Kredithaien beglichen hat, um seinem Sohn das Leben zu retten, ist Bobby ihnen beigetreten. Er war ein Mitglied der East End Streeters, wurde dabei beobachtet, wie er mit ihnen im Garza-Casino mit Kokain gedealt hat. Schließlich musste Bobby irgendwie seine Spielsucht finanzieren. Eine gewalttätige Gang, mit der Inspector Howard Whey und Scotland Yard schon oft zu tun hatten. Ihr Partner, Inspector, ging undercover und versuchte, das Drogennetzwerk der Gang auffliegen zu lassen, und wurde dafür erschossen. Aber Sie haben schon immer gewusst, wer ihn ermordet hat. Es war Bobby Remy. Er hat mindestens zwei Menschen auf dem Gewissen, und dennoch wird man ihn niemals für die Morde zur Rechenschaft ziehen. Sie könnten niemals bewiesen werden, und Bobby wäre weiterhin auf freiem Fuß, könnte jederzeit wieder morden.

Es sei denn, jemand würde ihn aufhalten. Spulen wir vor bis vor wenigen Monaten, als Reginald Remy erfuhr, dass er sterben würde. Er wusste, er würde es nicht mehr erleben, dass seiner armen Frau Gerechtigkeit widerfährt. Und er wusste, dass sein ältester Sohn ein sehr gefährlicher Mann ist. Also hat er mit seinem anderen Sohn, Ralph, einen Plan geschmiedet. Wenn Bobby schon nicht für die ersten beiden Morde zur Rechenschaft gezogen wurde, konnten sie wenigstens sicherstellen, dass man ihn für den dritten belangte: den Mord an Reginald Remy. Reginald würde ohnehin sterben, und so konnten sie mit seinem Tod wenigstens etwas bewirken und Bobby für immer hinter Gitter bringen. Den Arzt bezahlten sie, damit niemand es herausfinden würde. Ralph könnte nicht nur den Tod seiner Mutter rächen, sondern auch die Affäre zwischen seiner Frau und seinem Bruder, von der er natürlich wusste, beenden. Ralph und Reginald mussten in Bobbys Vergangenheit geforscht und die Verbindung zu dem toten Polizisten hergestellt haben. Mit diesem

Wissen gingen sie auf Inspector Howard Whey zu und weihten ihn in den Plan ein. Sie, Inspector, wollten auch, dass der Mörder Ihres Partners zur Rechenschaft gezogen wird und dieser gefährliche Mann von den Straßen verschwindet.«

»Aber er ist doch sicher nicht Teil des Spiels, oder?«, fragte Lauren.

»Das könnte man meinen«, erwiderte Pip, und die Worte purzelten nur so aus ihr heraus. »Aber diese Information war von Anfang an da, eine der ersten, die wir bekommen haben. Auf unserer Einladung stand, dass täglich nur ein einziges Boot vom Festland zur Insel Joy fährt. Und zwar um Punkt zwölf. Reginald Remy wurde heute zwischen 17:15 Uhr und 18:30 Uhr ermordet, und kurz darauf taucht der Inspector auf, um uns bei der Aufklärung des Mordes zu helfen. Aber warum ist er überhaupt hier? Denkt mal darüber nach.« Sie beugte sich über den Tisch. »Weil er schon längst da war. Er ist schon hier gewesen, bevor das Boot angekommen ist. Inspector Howard Whey kam auf die Insel, *bevor* der Mord überhaupt passiert ist. Weil er wusste, dass er passieren würde, weil er Teil des Plans war, Bobby Remy zur Strecke zu bringen. Deshalb haben auch die meisten Hinweise auf Bobby gedeutet. Der Inspector hat die Ermittlungen manipuliert.«

Sie griff sich das zerrissene und wieder zusammengeklebte Testament aus dem Haufen mit den Beweismitteln in der Tischmitte. »Bobby Remy hat das neue Testament nicht gefunden und vernichtet. Das waren Ralph und Reginald. Wir wissen, dass sie heute Abend zu zweit in der Bibliothek waren.

Da haben sie es zerrissen und in den Kamin geworfen, und dennoch haben sie es nicht verbrannt, weil sie wollten, dass es gefunden wird. Weil sie wollten, dass Bobby ein Motiv hat, seinen Vater umzubringen: Geld. Der Streit, den ich gestern Abend zwischen Ralph und seinem Vater belauscht habe? Sie haben sich nicht übers Geschäftliche unterhalten. Sie haben über *das* hier gesprochen, ihren Plan, Reginald zu ermorden und Bobby als den Schuldigen hinzustellen. Wisst ihr noch, was ich Ralph habe sagen hören?« Sie warf zur Absicherung einen Blick in ihr Heft. »›Ich weigere mich, das zu tun, Vater‹ und ›dein Plan ist total lächerlich und wird nicht funktionieren‹ und ›… nicht damit durchkommen‹. Ralph bekam eindeutig kalte Füße, weil er seinem Vater ein Messer ins Herz rammen sollte. Aber Reginald hat ihn wieder umgestimmt.

Seht mal.« Sie nahm den letzten Hinweis, den sie vorhin in der Pizzaschachtel gefunden hatten. »Diese Notiz von RR. Manche von euch dachten, Bobby hätte sie an Lizzie geschrieben, um sich hinter Ralphs Rücken mit ihr zu treffen. Man könnte sogar denken, Bobby hätte sie geschrieben, um sich ein Alibi zu verschaffen und behaupten zu können, er sei zum Zeitpunkt des Mords mit Lizzie zusammen gewesen. Aber Bobby hat diese Notiz nicht geschrieben. In diesem Fall ist er nicht RR. *Diese* Notiz«, sie wedelte damit, »war von Reginald Remy an seinen Sohn Ralph. *Heute Abend …*«, las sie vor. »*Du hast es mir versprochen … Er hat unser Mitleid nicht verdient.* Reginald wollte sicherstellen, dass Ralph den Plan nicht erneut in Zweifel zog. Und wenn ihr mir nicht glaubt«, sagte sie, »seht euch nur mal die Handschrift an. Die Schriftart. Wir wissen zu einhundert Prozent, dass die Notiz an die Köchin wegen des Karottenkuchens von Bobby war. Seht sie euch mal an: Die Handschrift ist eine ganz andere. Weil die Notizen von zwei verschiedenen Menschen geschrieben wurden. Und die Handschrift in dieser Notiz«, sie wedelte wieder damit, »ist dieselbe wie in den Einladungen von Reginald. Und in seinem Scheckbuch. Die Wahrheit ist, dass Reginald das ganze Wochenende durchgeplant hatte, um mit Hilfe seines Sohns Ralph – der ihm die tödliche Stichwunde auf seinen Befehl hin zugefügt hat – und des Inspectors – der ebenfalls einen Grund hatte, sich an Bobby zu rächen – seinen Mord zu inszenieren und es so aussehen zu lassen, als hätte Bobby es getan. Robert ›Bobby‹ Remy ist ein Mörder, aber nicht *unser* Mörder. Unser Mord wurde von drei Menschen geplant und durchgeführt: Ralph Remy, Reginald Remy selbst und Inspector Howard Whey.«

Pip ließ die Notiz fallen und beobachtete, wie sie langsam auf den Tisch segelte, während sie Atem schöpfte. Der Zettel landete direkt vor Zach, wie ein Pfeil. Er schluckte schwer.

Connor ergriff zuerst das Wort. »Wow«, sagte er, klatschte in die Hände und starrte mit offenem Mund zu ihr hoch. »Einfach nur … wow.«

»Scheiße, dein Gehirn funktioniert beängstigend gut.« Cara lachte, und diesmal war das Schnappen nach Luft nicht gespielt.

Endlich regte Jamie sich, starrte hinab auf sein Spielleiterheft, das auf der letzten Seite aufgeschlagen war. »Das«, begann er mit kratziger Stimme. »Das … das ist falsch.«

Die Trompeten kreischten.

»Wie bitte?« Pip starrte ihn an. »Was meinst du mit *Das ist falsch*?«

»D…das ist nicht die richtige Lösung«, erwiderte er und überflog erneut die Seite. »Das ist nicht das, was passiert ist. Es war Bobby. Bobby ist der Mörder.«

»Yeah, Baby!«, rief Ant plötzlich, und Pip zuckte vor Schreck zusammen. Er stand auf und riss triumphierend die Arme in die Luft. »Ich bin der Killer, Bitches!«

»Nein …«, presste Pip hervor, und ihre Kehle schnürte sich zusammen. »Das kann nicht sein.«

»Das steht aber hier«, erwiderte Jamie mit zusammengezogenen Augenbrauen. »Hier steht, dass Bobby Reginald umgebracht hat. Ja, es stimmt, Bobby hat auch seine Mutter getötet, weil sie herausgefunden hat, dass er wieder spielt. Und Bobby hatte Angst, dass sein Vater ihm kein Geld mehr gibt, wenn er es erfährt. Dieses Wochenende hat er von dem neuen Testament erfahren, in dem er nicht mehr erwähnt wird, also hat er seinen Vater ermordet und das neue Dokument vernichtet, um sein Erbe trotzdem zu bekommen. Und die RR-Notiz aus dem Pizzakarton … Wie du schon sagtest – Bobby hat sie geschrieben, um ein Alibi zu haben. Um es so aussehen zu lassen, als wäre er zum Zeitpunkt der Tat mit Lizzie zusammen gewesen. Das war alles geplant.«

»Nein!«, wiederholte Pip nun verärgert. »Das kann unmöglich die Lösung sein. Das wäre viel zu offensichtlich. Zu einfach. Es ergibt nicht mal Sinn!«

»Das muss dich echt wurmen«, kicherte Ant, »so danebenzuliegen. Verdammt, ich wünschte, ich könnte das auf Video aufnehmen.«

»Nein, ich liege nicht daneben.« Pip bohrte die Absätze in den Boden und spürte, wie sich die Wut ihren Nacken und zu ihrem Gesicht hocharbeitete. »Erklärt mir dann bitte mal die Handschrift. Wie können beide RR-Notizen von Bobby sein, wenn die Handschrift eine ganz andere ist?«

»Ähm.« Immer wieder blätterte Jamie durch die Seiten. »Ähm, ich weiß es nicht. Davon steht hier nichts.«

»Und was ist mit dem geheimen Hinweis? Dass Reginald wusste, dass er bald sterben würde? Wie passt das ins Bild, wenn Bobby angeblich der Mörder sein soll?«

»Ähm …« Jamie strich mit dem Zeigefinger über die Seite. »Hier steht, dass er von der Diagnose seines Vaters wusste und davon, dass dieser bald ein neues Testament veröffentlichen würde. Also musste er schnell handeln, um sich das Geld zu sichern.«

»Und wer hat dann den Arzt bezahlt? Und was ist mit dir?«, fragte Pip, ballte die Fäuste neben dem Körper, und ihre Fingernägel bohrten sich in ihre Handflächen. »Welche Erklärung hat das Spiel dafür, dass der Inspector überhaupt hier war, wenn er nicht Teil des Plans war? Das Boot fährt immer nur einmal am Tag um zwölf Uhr mittags. Du kannst also nur hier sein, wenn du vorab von dem Mord wusstest.«

Jamie runzelte die Stirn und las wieder in seinem Heft. »Ja, ähm, ich weiß nicht, was ich dir sagen soll, Pip. Sorry. Davon steht hier nichts. Nur, dass Bobby es getan hat.«

»Das ist Blödsinn«, schimpfte sie.

»Okay, okay.« Cara griff nach Pips Federboa und zog sie wieder auf den Stuhl. »Ist doch egal. Ist doch nur ein Spiel.«

»Aber das stimmt einfach nicht«, widersprach Pip, doch ihr Kampfgeist erlosch allmählich, verschwand wie die Abdrücke ihrer Fingernägel in ihren Handflächen. »Dass Bobby der Mörder ist, ist viel zu einfach. Viel zu einfach. Es gibt zu viele offene Fragen«, sagte sie mehr zu sich selbst. Warum hatte sie sich so in die Sache hineingesteigert? Es war nicht mal echt.

»Ist schon in Ordnung. Ist doch nur zum Spaß«, sagte Cara und drückte ihre Hand. »Außerdem habe ich richtig getippt. Also habe ich gewonnen.«

»Ja, und das Spiel war echt gut«, pflichtete Connor ihr übertrieben fröhlich bei, um die Situation zu beruhigen. »Viel interaktiver, als ich dachte. Danke, dass du das alles organisiert hast, Jam.«

»Ja, danke, Jamie«, sagte auch Cara, und Pip wiederholte es umgehend.

»Gern geschehen, Leute«, erwiderte er und nahm seinen Polizeihelm ab, um sich zu verbeugen. »Inspector Whey verabschiedet sich nun.«

Und es war auch gut gewesen. Bis zum Schluss. Die Welt draußen war komplett verschwunden. Es hatte nur sie, ihr

Gehirn und ein Problem, das es zu lösen galt, gegeben. Genau so, wie sie es mochte, denn dann war sie ganz sie selbst.

Aber sie hatte falschgelegen.

Pip hasste es, falschzuliegen.

Sie strich mit dem Daumen über ihr zugeschlagenes Heft, über das Logo unten. In einer kurzen, ruckartigen Bewegung verpasste sie der Seite einen winzigen Riss, ihre kleine Rache, mit der sie die Worte *Kill Joy* entzweiriss.

Kapitel 12

»Und? Wie war's?«, fragte Elliot Ward vom Fahrersitz aus. Mr Ward erfüllte in Pips Leben mehrere Rollen: Er war Caras Dad und ihr Geschichtslehrer. Ihr Lieblingslehrer, um genau zu sein, aber das musste er nicht unbedingt wissen. Sie war so oft bei den Wards, dass sie für ihn inzwischen bestimmt so etwas wie eine zusätzliche Tochter geworden war. Sie hatte bei ihnen im Küchenschrank sogar eine *Pip*-Tasse.

»Richtig gut«, antwortete Cara auf dem Beifahrersitz. »Pip ist ein bisschen beleidigt, weil sie falsch getippt hat.«

»Ah, Pip«, schmunzelte Mr Ward. »Dann stimmt sicher irgendwas mit dem Spiel nicht, was?«, neckte er sie und warf ihr und Zach auf dem dunklen Rücksitz ein flüchtiges Lächeln zu.

»Oh Gott, fang bitte erst gar nicht damit an«, sagte Cara und leckte sich die Finger ab, um sich die Falten aus dem Gesicht zu wischen.

»Deine Theorie fand ich aber besser«, meinte Zach neben Pip.

Sie schenkte ihm ein schmallippiges Lächeln. Es war ja nicht seine Schuld, dass er nicht der Mörder war und wer auch immer diesen Kill Joy Games-Fall verfasst hatte, so inkompetent war. Bei dem Gedanken, dass Bobby Remy der Mörder sein sollte, schnaubte sie. Es war viel zu einfach. Okay, vielleicht war sie doch noch nicht darüber hinweg.

»Dann habt ihr die Prüfungen jetzt also hinter euch, was?«, wechselte Elliot das Thema und bog in die High Street ein. »Freut ihr euch auf die Freiheit, Leute?«

»Oh ja«, erwiderte Zach. »Auf mich warten jede Menge Videospiele.«

»Ohne Scheiß, Sherlock«, war Caras Beitrag zur Unterhaltung. »Nur Pip freut sich nicht. Redet jetzt schon von ihrer EPQ, nicht wahr?«

»Müßiggang ist aller Laster Anfang«, feuerte Pip zurück.

»Hast du schon ein Thema, Pip?«, fragte Elliot.

»Noch nicht«, antwortete sie seinem Hinterkopf. »Aber bald.«

Sie näherten sich dem Kreisverkehr, und Elliot blinkte links, um in Pips und Zachs Straße einzubiegen. Doch plötzlich machte der Wagen einen Satz. Pip und Zach flogen nach vorn in ihre Sicherheitsgurte, als das Auto abrupt zum Stillstand kam.

»Dad?«, fragte Cara besorgt und starrte ihn an. Er konzentrierte sich auf einen Punkt über ihr, vor dem Fenster.

»Jawohl, ja.« Er schüttelte den Kopf. »Sorry, Leute, ich dachte nur, ich hätte … jemanden gesehen. War kurz abgelenkt. Tut mir leid.« Er drehte den Zündschlüssel und startete den Motor neu. »Vielleicht sollte ich dich mal zu deinen

Fahrstunden begleiten, Cara.« Er lachte, während sich das Auto wieder in Bewegung setzte.

Pip richtete den Blick aus dem Seitenfenster und versuchte, in der Dunkelheit etwas zu erkennen. Mr Ward *hatte* jemanden gesehen. Jemand ging gerade am Wagen vorbei. Nur ein Schatten, bis er in den orangenfarbenen Schein einer Straßenlaterne trat.

Und kurz sah auch Pip, was Mr Ward gesehen haben musste. Sein Gesicht. Sein Gesicht, das sie aus all den Fernsehbeiträgen kannte und an das sie sich mittlerweile nur noch verschwommen erinnerte. Sal Singh. Nur, dass er es nicht sein konnte – er war tot. Seit fünf Jahren.

Es war sein jüngerer Bruder, Ravi Singh. Aus einem gewissen Winkel sahen sie sich zum Verwechseln ähnlich. Pip kannte Ravi nicht, aber wie alle in Little Kilton wusste sie von ihm.

Es musste schwer für ihn sein, in dieser Kleinstadt zu leben, die immer noch von ihrem Kleinstadt-Mord besessen war. Sie kamen einfach nicht davon los, egal, wie viele Jahre ins Land zogen. Diese Stadt und der Mord würden für immer miteinander verwoben sein. Der Andie-Bell-Fall. Ermordet von ihrem Freund, Sal Singh. Es hatte nie eine Gerichtsverhandlung gegeben, doch das war die Geschichte, die alle glaubten. Alles war fein säuberlich erledigt. Ad acta gelegt. Es war der Freund. Es ist immer der Freund, sagten die Leute. Wie passend. Wie … einfach. Pip kniff die Augen zusammen. Vielleicht zu einfach.

Sie verrenkte so weit wie möglich den Hals und beobachtete, wie Ravi davonging. Er erhöhte sein Tempo, und das Auto fuhr weiter, trennte sie voneinander.

Dann war er weg, von der Nacht verschluckt.

Doch etwas blieb zurück.

»Ich glaube, ich weiß jetzt, worüber ich schreibe«, sagte Pip.

Leseprobe

holly jackson

A Good Girl's Guide to Murder

Aus dem Englischen von Sabine Schilasky

one

Teil I

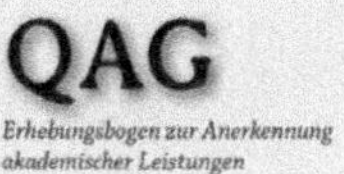

ERWEITERTE PROJEKTQUALIFIKATION 2017/18

Kandidatennummer	**Name des Kandidaten/ der Kandidatin**
4169	Pippa Fitz-Amobi

Teil 1: Antrag des Kandidaten/der Kandidatin

Vom Kandidaten/von der Kandidatin auszufüllen

Themenrelevante Studienfächer oder Interessensgebiete:

Englisch, Journalismus, Investigativer Journalismus, Strafrecht

Arbeitstitel des Projekts

Darstellung des zu erforschenden Themas in Form von Aussage/Frage/Hypothese:

Recherche zum Vermisstenfall Andie Bell in Little Kilton, 2012

Ausführlicher Bericht über die bedeutende Rolle, die Printmedien, Fernsehen und Social Media bei Polizeiermittlungen einnehmen, dargestellt am Beispiel der Fallstudie Andie Bell, mit besonderem Augenmerk auf die Vorverurteilung von Sal Singh in der Presse.

Als Quellen sind vorgesehen:

Interview mit Vermisstenfachleuten; Interview mit örtlichem Journalisten, der über den Fall berichtet hat; Interviews mit Gemeindemitgliedern. Fachliteratur zu den Themen Polizeiarbeit, Psychologie und Rolle der Medien.

Anmerkungen des Projektbetreuers/der Projektbetreuerin:

Wie bereits besprochen, handelt es sich hier um ein außerordentlich sensibles Thema – um ein furchtbares Verbrechen, das in unserer Stadt geschah. Auch wenn mir bewusst ist, dass Sie sich nicht davon abbringen lassen, wird diese Arbeit nur unter der Maßgabe angenommen, dass keine ethischen Grenzen überschritten werden. Bei Ihrer Recherche sollten Sie unbedingt einen klaren Fokus beibehalten, ohne sich zu sehr auf sensible Punkte zu konzentrieren.

Und ich möchte betonen, dass **KEIN KONTAKT** zu den betroffenen Familien aufgenommen werden darf. Falls doch, wird es als Verletzung ethischer Grundregeln gewertet, und Ihr Projekt wird abgelehnt werden. Und arbeiten Sie nicht zu viel. Ich wünsche Ihnen einen schönen Sommer.

Erklärung des Kandidaten/der Kandidatin

Ich bestätige, dass ich die Hinweise zu unlauteren Methoden, wie sie in den Hinweisen für die Kandidaten/die Kandidatinnen festgelegt sind, gelesen und verstanden habe.

Unterschrift: Pippa Fitz-Amobi

Datum: 18.07.2017

Eins

Pip wusste, wo sie wohnten.

Jeder in Little Kilton wusste, wo sie wohnten.

Ihr Zuhause war zu einem Spukhaus geworden. Die Leute gingen schneller, wenn sie dort vorbeimussten, und ihre Unterhaltungen erstarben mitten im Gespräch. Nach Schulschluss bildeten sich kleine Gruppen kreischender Kinder, die sich gegenseitig herausforderten, zum Haus zu laufen und die Gartenpforte zu berühren.

Doch in dem Haus lebten keine Geister, sondern nur drei traurige Menschen, die sich bemühten, ihr Leben wie früher weiterzuleben. Es gab keine flackernden Lampen oder von Geisterhand umgekippte Stühle, dafür ein in schwarzen Lettern aufgesprühtes »Abschaum« und von Steinen eingeworfene Fensterscheiben.

Pip hatte sich immer gefragt, warum sie nicht fortzogen. Nicht, dass sie es müssten, denn sie hatten ja nichts verbrochen. Aber sie verstand nicht, wie diese Leute so leben konnten.

Pip wusste eine Menge; sie wusste, dass Hippopotomonstrosesquippedaliaphobie der wissenschaftliche Ausdruck für die Furcht vor langen Wörtern war; sie wusste, dass Babys ohne Kniescheiben zur Welt kommen konnten; sie kannte die besten Zitate von Plato und Cato auswendig, und sie wusste, dass es über viertausend Kartoffelsorten gab. Aber sie verstand nicht, woher die Singhs die Kraft nahmen, zu bleiben. Hier, in

Kilton, unter der Last so vieler starrender Blicke, des Getuschels, das gerade laut genug war, um es zu verstehen, des nachbarlichen Smalltalks, der nie mehr zu einer richtigen Unterhaltung wurde.

Besonders grausam war es, dass sich ihr Haus so nahe an der Little Kilton Grammar School befand, auf die sowohl Andie Bell als auch Sal Singh gegangen waren und an die Pip in wenigen Wochen, wenn die vom August trunkene Sonne in den September überginge, für ihr letztes Jahr zurückkehren würde.

Pip blieb stehen und legte eine Hand auf die Pforte, womit sie mehr Mut bewies als die Hälfte der anderen Kinder des Städtchens. Ihr Blick wanderte den Weg zur Haustür entlang. Es mochten nur wenige Schritte sein, doch fühlte es sich an, als klaffte ein gähnender Abgrund zwischen der Stelle, an der sie stand, und der Tür. Dies könnte eine sehr schlechte Idee sein; das hatte sie durchaus bedacht. Die Vormittagssonne war heiß, und sie spürte schon, wie ihre Kniekehlen unter der Jeans klebrig wurden. War die Idee kühn oder einfach nur dumm? Andererseits hatten selbst die größten Persönlichkeiten der Geschichte immer Risiko über Sicherheit gestellt. Wollte sie etwas erreichen, musste sie das auch tun. Also pfiff sie auf den Abgrund und ging auf die Tür zu, an der sie nur eine Sekunde stockte, um sich zu vergewissern, dass sie dies hier wirklich wollte. Sie klopfte dreimal. In der Haustür sah sie ihr angespanntes Spiegelbild: das lange dunkle Haar, an den Spitzen zu einem helleren Braun ausgeblichen; das Gesicht, das blass war, obwohl sie die letzte Woche in Südfrankreich verbracht hatte, die durchdringenden, schlammgrünen Augen, gewappnet für das, was kommen würde.

Sie hörte das Rasseln einer Kette und ein doppeltes Klicken im Schloss. Dann schwang die Tür auf.

»Ja?«, fragte er, wobei er die Tür nur halb offen hielt. Pip blinzelte, um nicht zu starren, aber sie konnte einfach nicht anders. Er sah Sal so ähnlich, dem Sal, den sie aus all den Fernsehberichten und von den Zeitungsfotos her kannte. Wie der Sal, dessen Bild in ihrer Erinnerung schon zu verblassen begann. Ravi hatte das gleiche wilde, zur Seite gestrichene schwarze Haar wie sein Bruder, die gleichen gebogenen Augenbrauen und den gleichen dunklen Teint.

»Ja?«, fragte er wieder.

»Ähm …« Pips spontaner Charmereflex versagte. Ihr Hirn verarbeitete noch, dass er, im Gegensatz zu Sal, ein Kinngrübchen hatte, genau wie sie selbst. Und er war noch größer geworden seit dem letzten Mal, als sie ihn gesehen hatte. »Ähm, entschuldige, hi.« Sie winkte linkisch, was sie umgehend bereute.

»Hi?«

»Hi, Ravi«, sagte sie. »Ich … du kennst mich nicht … Ich bin Pippa Fitz-Amobi. Ich war ein paar Klassen unter dir in der Schule, bevor du abgegangen bist.«

»Okay …«

»Ich wollte nur fragen, ob du vielleicht ein Sekündchen Zeit hast? Na ja, kein Sekündchen … Hast du gewusst, dass Sekündchen tatsächlich eine Zeiteinheit ist? Ein Hundertstel einer Sekunde, also … hast du vielleicht mehrere Sekündchen Zeit?«

Gott, das passierte, wenn sie nervös war oder sich in die Enge getrieben fühlte: Sie fing an, blödsinnige, als schlechte Witze getarnte, Fakten von sich zu geben. Und noch etwas: War sie nervös, wurde Pippa schlagartig arroganter und klang wie ein reicher Snob. Wann hatte sie jemals im Ernst von »Sekündchen« gesprochen?

»Was?«, fragte Ravi sichtlich verwirrt.

»Sorry, egal«, sagte Pip, die sich langsam erholte. »Also ich mache eine EPQ an der Schule und …«

»Was ist eine EPQ?«

»Erweiterte Projektqualifizierung. Das ist ein Projekt, das man im letzten Schuljahr selbstständig machen muss. Man kann das Thema frei wählen.«

»Oh, bis dahin bin ich in der Schule nie gekommen«, sagte er. »Ich bin runter, sobald ich konnte.«

»Äh, tja, ich wollte fragen, ob ich dich für mein Projekt interviewen darf.«

»Worum geht es?« Skeptisch zog er die dunklen Augenbrauen zusammen.

»Ähm … es geht um das, was vor fünf Jahren passiert ist.«

Ravi atmete laut aus und verzog den Mund. Er sah angespannt, fast wütend aus.

»Warum?«, fragte er.

»Weil ich nicht glaube, dass es dein Bruder war – und ich will versuchen, es zu beweisen.«

Pippa Fitz-Amobi
EPQ 01. 08. 2017

Protokoll – Eintrag 1

Dieses Protokoll soll eigentlich mögliche Hindernisse aufzeichnen, auf die man bei der Recherche, beim Schreiben und bei den Zielen für den Abschlussbericht stoßen kann. Mein Protokoll wird ein wenig anders aussehen: Ich werde meine gesamte Recherche hier aufzeichnen, sowohl relevante wie auch irrelevante Fakten und Ergebnisse, weil ich bisher noch nicht genau weiß, wie mein Abschlussbericht aussehen wird oder was am Ende relevant sein könnte. Ich weiß nicht, worauf ich hinauswill. Deshalb muss ich schlicht abwarten, wo ich am Ende meiner Recherche stehe und wie dann mein Essay aussehen soll. [Wird das jetzt ein bisschen wie ein Tagebuch???]

Ich hoffe, dass es *nicht* der Essay wird, den ich Mrs. Morgan vorgeschlagen hatte, sondern die Wahrheit: Was passierte wirklich am 20. April 2012 mit Andie Bell? Und wenn Salil, »Sal«, Singh – wie mir mein Gefühl sagt – nicht schuldig ist, wer hat sie dann umgebracht?

Ich glaube nicht, dass ich den Fall tatsächlich aufkläre und herausbekomme, wer Andie ermordet hat. Ich bin keine Polizistin mit Zugriff auf ein forensisches Labor (logisch). Ich hoffe, dass ich bei meiner Recherche Fakten aufdecken kann, die zu berechtigten Zweifeln an Sals Schuld führen werden und belegen, dass es falsch von der Polizei war, diesen Fall ohne weitere Nachforschungen abzuschließen.

Deshalb wird meine Recherche-Methode sein: Befragung

aller Betroffenen, obsessives Social-Media-Stalking und wilde, WILDE Spekulation.

[LASS MRS. MORGAN NICHTS HIERVON SEHEN!!!]

Das erste Stadium dieses Projekts wird also eine Recherche sein: Was geschah mit Andrea Bell – allen bekannt als Andie? Und wie waren die Umstände ihres Verschwindens? Diese Informationen werde ich Zeitungsartikeln und Pressemitteilungen der Polizei aus der Zeit entnehmen.

[Notier dir deine Quellen gleich, damit du es nicht später machen musst!!!]

Copy and Paste der ersten landesweiten Meldung zu ihrem Verschwinden:

»Andrea Bell, 17, wurde letzten Freitag in Little Kilton, Buckinghamshire, vermisst gemeldet.

Sie verließ ihr Elternhaus in ihrem Wagen – einem schwarzen Peugeot 206 –, hatte ihr Handy dabei, nahm aber keine Kleidung mit. Die Polizei sagt, ihr Verschwinden sei ›vollkommen untypisch‹.

Die Polizei hat am Wochenende ein Waldgebiet in der Nähe ihres Elternhauses abgesucht.

Andrea, genannt Andie, ist weiß, 1,68 m groß und hat langes blondes Haar. Am Abend ihres Verschwindens hat sie wahrscheinlich eine dunkle Jeans und einen bauchfreien blauen Pullover getragen.[1]

Spätere Artikel haben mehr Einzelheiten dazu geliefert, wann Andie zuletzt lebend gesehen wurde, und zu dem Zeitfenster, in dem sie entführt worden sein musste.

Andie Bell wurde »zuletzt von ihrer jüngeren Schwester

1 www.gbtn.co.uk/news/uk-england-bucks-54774390 23.04.12

Becca gegen 22:30 Uhr am 20. April 2012 lebend gesehen«.[2]

Dies stimmt mit dem überein, was die Polizei in einer Pressemitteilung am Dienstag, den 24. April, herausgab: »Die Aufnahmen einer Überwachungskamera vor der STN-Bank in der Little Kilton High Street zeigen Andies Wagen um 22:40 Uhr, der sich von ihrem Elternhaus weg bewegt.«[3]

Laut Aussage ihrer Eltern, Jason und Dawn Bell, sollte Andie sie »um viertel vor eins in der Nacht von einer Party abholen.« Als sie nicht kam und auch nicht auf ihre Anrufe reagierte, fragten sie bei ihren Freunden nach, ob jemand wüsste, wo sie sei. Um 03:00 Uhr am Samstagmorgen »rief [Jason Bell] die Polizei an und meldete seine Tochter als vermisst.«[4]

[Diese Stelle scheint mir geeignet, um mein Telefoninterview mit Angela Johnson von der Vermisstenstelle aufzuzeichnen, das ich gestern geführt hatte.]

2 www.thebuckinghamshiremail.co.uk/news/crime-4839 26.04.12

3 www.gbtn.co.uk/news/uk-england-bucks-69388473 24.04.12

4 Forbes, Stanley, 2012. „Die wahre Geschichte über Andie Bells Mörder“, *Kilton Mail*, 29.04.12, S. 1–4.

Transkript des Interviews mit Angela Johnson
von der Vermissten-Abteilung der Polizei

Angela: Hallo.
Pip: Hi, spreche ich mit Angela Johnson?
Angela: Ja. Sind Sie Pippa?
Pip: Ja. Vielen Dank, dass Sie auf meine E-Mail geantwortet haben.
Angela: Kein Problem.
Pip: Macht es Ihnen etwas aus, wenn ich dieses Interview aufzeichne, damit ich es später für mein Projekt abtippen kann?
Angela: Nein, ist in Ordnung.
Pip: Also, ich habe mich gefragt, ob Sie mir erklären könnten, wie es genau abläuft, wenn jemand vermisst gemeldet wird. Was sind die ersten Schritte, die die Polizei unternimmt?
Angela: Nun, wenn jemand den Notruf wählt und jemanden vermisst meldet, versucht die Polizei, so viele Einzelheiten wie möglich zu erfahren, um die potenzielle Gefährdung der vermissten Person einschätzen zu können und entsprechende Maßnahmen einzuleiten. Die Details, nach denen wir bei dieser ersten Meldung fragen, sind Name, Alter, Aussehen, welche Kleidung die Person zuletzt getragen hat, die Umstände des Verschwindens, ob es untypisch für diese Person ist, einfach zu verschwinden, und Einzelheiten zum Fahrzeug, wenn eines beteiligt ist. Anhand dieser Informationen entscheidet die Polizei, ob

es sich um einen Fall mit hohem, niedrigem oder mittlerem Risikopotenzial handelt.

Pip: Und bei welchem Fall wäre das Risikopotenzial hoch?

Angela: Wenn die Person aufgrund ihres Alters oder einer Behinderung gefährdet ist. Oder wenn ihr Verhalten untypisch ist, sodass ihr Verschwinden bedeuten könnte, dass ihr etwas zugestoßen ist. Dann würden wir ebenfalls von hohem Risiko sprechen.

Pip: Ähm, also wenn die vermisste Person siebzehn Jahre alt ist und es heißt, dass ihr Verschwinden nicht zu ihr passt, wäre das auch ein Hochrisiko-Fall?

Angela: Immer, wenn es um Minderjährige geht.

Pip: Und wie würde die Polizei in so einem Fall reagieren?

Angela: Tja, es würden sofort Beamte zu dem Ort geschickt werden, von dem die Person verschwunden ist. Ein Officer würde weitere Einzelheiten zur vermissten Person erfragen, wie zum Beispiel Namen und Adressen von Freunden oder Partnern, etwaige gesundheitliche Beschwerden und die Bankdaten, für den Fall, dass die Person versucht, Geld abzuheben, und so gefunden werden könnte. Außerdem braucht die Polizei neuere Fotos von der vermissten Person, und bei einem hohen Risiko werden eventuell schon DNS-Proben genommen für spätere forensische Untersuchungen. Wenn die Eigentümer zustimmen, würde man eine gründliche Durchsuchung des Hauses oder der Wohnung vornehmen, falls sich die vermisste Person dort versteckt hat oder versteckt wird, und um mögliche Hinweise oder Spuren zu finden. Das ist das normale Prozedere.

Pip: Dann sucht die Polizei sofort nach Hinweisen dafür, dass die vermisste Person Opfer eines Verbrechens geworden ist?

Angela: Unbedingt. Sind die Umstände des Verschwindens verdächtig, lautet die Anweisung für die Officers: »Im Zweifelsfall gehen wir von Mord aus.« Natürlich entpuppt sich nur ein sehr kleiner Prozentsatz der Vermisstenfälle als Mordfälle, aber die Officers sind angewiesen, von Anfang an Beweise zu dokumentieren, als würden sie in einem Mord ermitteln.

Pip: Und was passiert, wenn sich bei der ersten Hausdurchsuchung nichts ergibt?

Angela: Dann wird die Suche auf die unmittelbare Umgebung ausgeweitet. Eventuell ruft die Polizei Telefondaten ab. Es werden Freunde, Nachbarn und alle befragt, die relevante Informationen haben könnten. Wenn es sich um einen jungen Menschen, also um einen Teenager handelt, der vermisst wird, kann man nicht davon ausgehen, dass die Eltern jeden der Freunde und Bekannten kennen. Gleichaltrige sind dann ein guter Ansatzpunkt, um wichtige Kontakte herauszufinden, Sie wissen schon, heimliche Freunde, solche Sachen. Und es wird normalerweise eine Pressestrategie besprochen, weil öffentliche Auf-

	rufe in den Medien in solchen Situationen sehr nützlich sein können.
Pip:	Also, wenn eine Siebzehnjährige vermisst wird, würde die Polizei sehr früh ihre Freundinnen und ihren Freund kontaktieren?
Angela:	Ja, natürlich. Solche Erkundigungen werden schon deshalb eingeholt, weil eine vermisste Person, die weggelaufen ist, sich wahrscheinlich mit jemandem versteckt, der ihr nahesteht.
Pip:	Und ab wann würde die Polizei in einem Vermisstenfall davon ausgehen, dass sie nach einer Leiche suchen muss?
Angela:	Nun, was den Zeitpunkt betrifft, gibt es keine ... Oh, Pippa, ich muss Schluss machen. Tut mir leid, ich werde in mein Meeting gerufen.
Pip:	Okay, vielen Dank, dass Sie sich die Zeit für mich genommen haben.
Angela:	Und falls Sie noch mehr Fragen haben, schicken Sie mir einfach eine E-Mail. Ich antworte dann, so schnell ich kann.
Pip:	Mach ich. Nochmals, danke.
Angela:	Bye.

Diese Statistiken entdeckte ich online:

80 % der Vermissten werden innerhalb der ersten 24 Stunden gefunden. 97 % werden innerhalb der ersten Woche gefunden. 99 % der Fälle werden innerhalb des ersten Jahres aufgeklärt. Womit nur 1 % übrig bleibt.

1 % der Menschen, die verschwinden, werden nie gefunden.

Und es gibt noch eine andere Zahl, die zu bedenken ist: Nur 0,25 % aller Vermisstenfälle nehmen einen tödlichen Ausgang.[5]

Und was bedeutet das für Andie Bell? Sie bewegt sich irgendwo zwischen 1 % und 0,25 %.

Aber inzwischen gehen die meisten Leute davon aus, dass sie zu den 0,25 % gehört, obwohl ihre Leiche nie gefunden wurde. Und warum ist das so?

Wegen Sal Singh.

5 www.findmissingperson.co.uk/stats

Zwei

Pips Hände schwebten über der Tastatur, ihre Zeigefinger über dem *W* und dem *H*, als sie angestrengt dem Lärm unten lauschte. Ein Krachen, schwere Schritte, rutschende Pfoten und lautes Jungsgekicher. Im nächsten Moment war alles klar.

»Joshua! Wieso hat der Hund eines von meinen Batikhemden an?!«, tönte Victors laute Stimme von unten durch Pips Teppich.

Pip lachte schnaubend, während sie ihr Protokoll speicherte und den Laptop zuklappte. Dieses lautstarke Theater, das einsetzte, sobald ihr Dad von der Arbeit kam, war schon zu einem täglichen Ritual geworden. Ihr Dad war nie leise. Sein Flüstern konnte man quer durchs Zimmer hören; sein schenkelklopfendes Lachen war so laut, dass Leute dabei zusammenzuckten, und jedes Jahr wachte Pip verlässlich auf, wenn er *auf Zehenspitzen* durch den Flur oben schlich, um am Heiligabend die Weihnachtsstrümpfe zu befüllen.

Ihr Stiefvater war das wandelnde Gegenteil von *dezent.*

Unten fand Pip das Theater in vollem Gange. Joshua rannte von einem Raum zum anderen – von der Küche durch den Flur ins Wohnzimmer und wieder zurück, wobei er die ganze Zeit kicherte.

Dicht hinter ihm war Barney, der Golden Retriever der Familie, der Dads schrillstes Hemd trug, das grellgrüne, das er auf ihrer letzten Reise nach Nigeria gekauft hatte. Der Hund glitschte begeistert über die blanken Eichendielen im Flur und hechelte vor Aufregung.

Das Schlusslicht bildete Victor in einem Dreiteiler von Hugo Boss. Knapp zwei Meter groß, jagte er hinter dem Hund und dem Jungen her. Sein stoßweises Lachen wurde dabei beständig lauter. Die Amobi-Heimkino-Version von Scooby-Doo.

»Oh Mann, ich versuche hier, Hausaufgaben zu machen!«, rief Pip und machte grinsend einen Satz nach hinten, um nicht von dem Konvoi niedergemäht zu werden. Barney blieb kurz stehen, um ihr seinen Kopf gegen das Schienbein zu stoßen, bevor er weglief, um auf Victor und Josh zu springen, die gemeinsam auf das Sofa gesunken waren.

»Hallo, Sonnenschein«, strahlte Victor und klopfte auf das Sofapolster neben sich.

»Hi, Dad, du warst so leise, dass ich dich gar nicht gehört habe.«

»Pipsicle, du bist zu klug, um einen Witz zu recyceln.«

Sie setzte sich zu den beiden. Von Joshs und Dads schwerem Atem bewegten sich die Sofapolster unter ihren Beinen.

Josh begann, in seinem rechten Nasenloch zu bohren, und Victor schubste seine Hand weg.

»Wie war euer Tag?«, fragte er dann. Prompt legte Josh los, in aller Ausführlichkeit die Fußballspiele von heute zu beschreiben.

Pip schaltete ab; sie hatte das alles bereits im Auto gehört, als sie Josh vom Verein abgeholt hatte. Und da hatte sie schon nur halb hingehört, weil sie davon abgelenkt gewesen war, wie entgeistert der Ersatztrainer ihre blütenweiße Haut angestarrt hatte, als sie mit den Worten: »Ich bin Joshuas Schwester«, auf ihren neunjährigen Bruder deutete.

Mittlerweile sollte sie sich an die musternden Blicke der Leute gewöhnt haben, die versuchten, ihre Familienkonstellation zu begreifen und ihren Stammbaum zu entziffern. Der nigerianische Riese war ziemlich offensichtlich ihr Stiefvater und Joshua ihr Halbbruder. Aber Pip benutzte diese Wörter ungern, weil sie kalt und technisch klangen. Menschen, die man liebte, waren keine Algebra: Da ließ sich nichts berechnen, nichts subtrahieren oder mit einem Dezimalpunkt auf Abstand halten. Victor und Josh waren nicht bloß zu drei Achteln ihre Familie, nicht bloß zu vierzig Prozent mit ihr verwandt; sie gehörten vollständig zu ihr, ihr Dad und ihr nerviger kleiner Bruder.

Ihr *»richtiger«* Vater, der Mann, von dem das Fitz in ihrem Namen stammte, war bei einem Autounfall ums Leben gekommen, als sie zehn Monate alt gewesen war. Und obwohl Pip manchmal lächelnd nickte, wenn ihre Mum sie fragte, ob sie sich erinnerte, wie ihr Vater beim Zähneputzen immer gesummt hatte, oder wie er gelacht hatte, als eins von Pips ersten Wörtern »Kacka« war, erinnerte sie sich nicht an ihn. Aber manchmal war Erinnern eben nicht für einen selbst, sondern etwas, was man einfach tat, um jemand anderen zum Lächeln zu bringen. Solche Lügen waren erlaubt.

»Und wie läuft das Projekt, Pip?«, wandte Victor sich an sie, während er das Hemd, das der Hund immer noch trug, aufknöpfte.

»Ganz okay«, antwortete sie. »Im Moment sehe ich mir nur die Hintergrundinformationen an und tippe alles zusammen. Heute Morgen war ich bei Ravi Singh.«

»Oh, und?«

»Er hatte keine Zeit, aber ich kann am Freitag wiederkommen.«

»Ich würde das nicht machen«, wandte Josh ein.

»Weil du ein vorpubertärer Junge mit lauter Vorurteilen bist, der immer noch denkt, in Ampeln würden kleine Leute wohnen.« Pip sah ihn an. »Die Singhs haben nichts verbrochen.«

Victor schaltete sich ein. »Versuch dir mal vorzustellen, Josh, alle würden über dich urteilen wegen etwas, das deine Schwester gemacht hat.«

»Pip macht doch nie was anderes als Hausaufgaben.«

Mit einem perfekten Armschwung platzierte Pip ein Kissen direkt in Joshuas Gesicht. Victor hielt Joshs Arme unten, als er sich wehren wollte, und kitzelte ihn durch.

»Warum ist Mum noch nicht zurück?«, fragte Pip und nutzte den günstigen Moment, um mit ihrem von einer flauschigen Kuschelsocke bedeckten Fuß vor Joshs Gesicht herum zu wedeln.

»Sie wollte direkt von der Arbeit zu ihrem feuchtfröhlichen Mütter-Lesekreis«, grinste Victor.

»Heißt das … wir dürfen Pizza zum Abendbrot essen?«, fragte Pip. Plötzlich war die Kabbelei mit Josh vergessen. Beim Thema Pizza hielten die beiden zusammen. Josh sprang auf und hakte sich bei Pip ein, um ihren Dad flehend anzusehen.

»Natürlich«, sagte Victor und tippte sich grinsend auf den Hintern. »Wie soll ich sonst diese Kiste für die Piste in Form halten?«

»Dad!«, stöhnte Pip und bereute, ihrem Vater jemals diesen Spruch beigebracht zu haben.

Pippa Fitz-Amobi
EPQ 02. 08. 2017

Protokoll – Eintrag 2

Was als Nächstes im Andie-Bell-Fall geschah, ist in den Zeitungsberichten ziemlich verwirrend dargestellt worden. Es gibt Lücken, die ich mit Mutmaßungen und Gerüchten auffüllen muss, bis sich aus späteren Interviews ein klareres Bild ergibt; hoffentlich können mir sein Bruder Ravi und Naomi, die eine von Sals besten Freundinnen war, dabei helfen.

Wie von Angela beschrieben, hatte die Polizei vermutlich erst die Aussagen der Bells aufgenommen, ihr Haus gründlich durchsucht und dann nach Kontaktdaten zu Andies Freunden gefragt.

Nach umfangreichem Stalking ihres Facebook-Verlaufs sieht es aus, als wären Andies engste Freundinnen zwei Mädchen namens Chloe Burch und Emma Hutton gewesen. Ich denke, hier ist mein Beweis:

Emma Hutton, Sal Singh und 97 andere

Siehe 6 weitere Kommentare

Emma Hutton Mein Gott, Andie, du bist echt unglaublich! So, soooo schön.
Like* Antwort 7. April 2012 22:34

Chloe Burch F*** Wäre ich doch bloß nicht mit dir auf den Fotos. Ich will dein Gesicht.
Like* Antwort 7. April 2012 22:42

Andie Bell Nein dankeeee
Like* Antwort 7. April 2012 23:22

Emma Hutton Andie, können wir bei der nächsten Houseparty eins von uns dreien zusammen machen? Ich brauche ein neues Profil :)
Like* Antwort 7. April 23:27

Dieser Post ist zwei Wochen vor Andies Verschwinden entstanden. Wie es aussieht, wohnen Chloe und Emma nicht mehr in Little Kilton. [Vielleicht über Messenger anschreiben und fragen, ob sie ein Telefon-Interview geben?]

Chloe und Emma hatten an dem ersten Wochenende (21./22.04) eine Menge getan, um den Twitter-Aufruf der Thames Valley Police, #Find Andie, zu verbreiten. Ich halte es für keine übertriebene Spekulation anzunehmen, dass die Polizei Chloe und Emma entweder in der Freitagnacht oder am Samstagmorgen kontaktiert hat. Was sie der Polizei gesagt haben, weiß ich nicht. Aber das kann ich hoffentlich noch herausfinden.

Es ist bekannt, dass die Polizei mit Andies damaligem festen Freund gesprochen hat. Sein Name war Sal Singh, und er war mit Andie zusammen im letzten Jahr an der Kilton Grammar.

Irgendwann am Samstag sprach die Polizei mit Sal.

»Detective Inspector Richard Hawkins bestätigte, dass die Officers Salil Singh am Samstag, den 21. April, befragt hatten. Sie erkundigten sich, wo er sich die Nacht zuvor aufgehalten hatte, vor allem in der Zeit, in der Andie verschwunden sein musste.«[6]

An dem Abend war Sal bei seinem Freund Max Hastings zu Hause gewesen, zusammen mit seinen vier besten Freunden: Naomi Ward, Jake Lawrence, Millie Simpson und Max.

Auch das muss ich nächste Woche überprüfen, wenn ich mit Naomi rede, aber ich glaube, Sal hatte der Polizei gesagt, dass er gegen viertel nach zwölf in der Nacht von Max weg und nach Hause sei, und sein Vater (Mohan Singh) bestätigte: »Sal war gegen 00:50 Uhr zu Hause«[7]. [***Anmerkung: zu Fuß sind es von Max (Tudor Lane) zu Sal (Grove Place) ungefähr dreißig Minuten*** – sagt Google.]

Über das Wochenende bestätigten seine vier Freunde Sals Alibi.

Vermisstenplakate wurden aufgehängt, und die Tür-zu-Tür-Befragungen begannen am Sonntag.[8]

Am Montag halfen 100 Freiwillige der Polizei, das Waldgebiet abzusuchen. Ich hatte damals die Berichte in den Nachrichten gesehen. Es war ein ganzes Heer von Menschen unterwegs, das den Wald durchkämmte und ihren

6 www.gbtn.co.uk/news/uk-england-bucks-78355334 05.05.12

7 www.gbtn.co.uk/news/uk-england-bucks-78355334 05.05.12

8 Forbes, Stanley, „Mädchen wird immer noch vermisst“, *Kilton Mail*, 23.04.12, S. 1–2

Namen rief. Später an dem Tag wurde ein Team von Spurensicherern gesehen, das ins Haus der Bells ging.[9]

Und am Dienstag wurde alles anders.

Ich denke, chronologisch vorzugehen ist am besten – also die Ereignisse von jenem Tag und den folgenden der Reihe nach durchzusehen, auch wenn wir, als Stadt, die Einzelheiten unsortiert und durcheinander erfuhren.

Am Dienstagvormittag: Naomi Ward, Max Hastings, Jake Lawrence und Millie Simpson kontaktierten die Polizei von der Schule aus und gestanden, falsche Angaben gemacht zu haben. Sie sagten aus, dass Sal sie gebeten habe, zu lügen, und dass er an dem Abend, an dem Andie verschwand, tatsächlich schon um 22:30 Uhr von Max weggegangen sei.

Ich weiß nicht genau, wie das korrekte Polizei-Prozedere war, aber ich schätze, dass Sal ab dem Zeitpunkt zu ihrem Hauptverdächtigen wurde.

Nur konnten sie ihn nicht finden. Sal war weder in der Schule noch zu Hause, und er ging nicht an sein Handy.

Später stellte sich allerdings heraus, dass Sal an dem Morgen eine Textnachricht an seinen Vater geschickt hatte, obwohl er alle anderen Anrufe ignoriert hatte. Die Presse bezog sich auf die Nachricht als »Geständnis«.[10]

Am Dienstagabend fand eines der Polizeiteams, die nach Andie suchten, eine Leiche im Wald.

Es war Sal.

Er hatte sich umgebracht.

Die Presse berichtete nie darüber, wie Sal Selbstmord beging, aber weil in der High School der Tratsch auf Hochtou-

9 www.gbtn.co.uk/news/uk-england-bucks-56479322 23.04.12

10 www.gbtn.co.uk/news/uk-england-bucks-78355334 05.05.12

ren lief, weiß ich es (so wie es auch jeder andere Schüler in Kilton zu jener Zeit wusste).

Sal ging in den Wald nahe seinem Zuhause, nahm einen Haufen Schlaftabletten und zog sich eine Plastiktüte über den Kopf, die er mit Klebeband um seinen Hals fixierte. Er erstickte, während er bewusstlos war.

Auf der Pressekonferenz der Polizei an dem Abend wurde Sal nicht erwähnt. Die Polizei gab nur die Information über die Überwachungskamera heraus, die Andie um 22:40 aufgenommen hatte, als sie von ihrem Zuhause weggefahren war.[11]

Am Mittwoch wurde Andies Wagen in einer kleinen Seitenstraße gefunden (Romer Close).

Erst am darauffolgenden Montag gab eine Polizeisprecherin Folgendes bekannt: »Ich kann Ihnen Aktuelles zur Andie-Bell-Ermittlung mitteilen. Anhand neuester Informationen und forensischer Beweise haben wir Grund zu der Annahme, dass ein junger Mann namens Salil Singh, 18 Jahre, in Andies Entführung und Mord verwickelt war. Die Beweise würden ausreichen, um den Verdächtigen zu verhaften und anzuklagen, wäre er nicht gestorben, bevor derlei Maßnahmen eingeleitet werden konnten. Die Polizei sucht nicht nach anderen Verdächtigen im Zusammenhang mit Andies Verschwinden, aber unsere Suche nach Andie wird unvermindert intensiv fortgesetzt. Unsere Gedanken gelten der Familie Bell, wie auch unser aufrichtiges Mitgefühl angesichts der Trauer, die ihnen diese Information bereiten muss.«

Ihre ausreichenden Beweise waren:

11 www.gbtn.co.uk/news/uk-england-bucks-69388473 24.03.12

Sie fanden Andies Handy bei Sals Leiche.

Die forensischen Tests wiesen Spuren von Andies Blut unter den Fingernägeln seines rechten Mittel- und Zeigefingers nach.

Andies Blut wurde ebenfalls im Kofferraum ihres verlassenen Wagens gefunden. Sals Fingerabdrücke waren am Armaturenbrett und am Lenkrad des Wagens, zusammen mit denen von Andie und dem Rest der Bells.[12]

Die Beweise, hieß es, hätten ausgereicht, um Sal anzuklagen, und – wie die Polizei gehofft hätte – eine Verurteilung zu erreichen. Aber Sal war tot, deshalb gab es keinen Prozess und keinen Schuldspruch. Auch keine Verteidigung.

In den Wochen danach wurden die Waldgebiete in und um Little Kilton erneut abgesucht. Es wurden Leichenspürhunde eingesetzt und Polizeitaucher suchten im Fluss Kilbourne. Aber Andies Leiche wurde nie gefunden.

Der Vermisstenfall Andie Bell wurde Mitte Juni 2012 vorläufig abgeschlossen.[13] Der Fall konnte nur deshalb »vorläufig abgeschlossen« werden, weil »die vorliegenden Beweise hinreichend Grund für eine Anklage bieten, wäre der Beschuldigte nicht vor Abschluss der Ermittlungen verstorben.« Der Fall »kann jederzeit neu aufgerollt werden, sollten sich neue Beweise oder Spuren ergeben.«[14]

In 15 Minuten müssen wir ins Kino: wieder mal ein Superheldenfilm, zu dem Josh uns mittels emotionaler Erpressung überredet hat. Aber einen letzten Teil zum Hintergrund

12 www.gbtn.co.uk/news/uk-england-bucks-78355334 09.05.12

13 www.gbtn.co.uk/news/uk-england-bucks-87366455 16.06.12

14 The National Crime Recording Standards (NCRS) https://www.gov.co.uk/government/uploads/system/uploads/attachment_dara/file/99584773/ncrs.pdf

beim Andie Bell-/Sal Singh-Fall muss ich noch aufschreiben, dann geht es los.

Achtzehn Monate nach dem vorläufigen Abschluss des Falles übergab die Polizei einen Bericht an den zuständigen Untersuchungsrichter. In Fällen wie diesem entscheidet der Untersuchungsrichter, ob weiter ermittelt werden soll oder nicht, abhängig davon, ob man die Person für wahrscheinlich tot hält und ob genügend Zeit verstrichen ist.

Wenn ja, stellt der Untersuchungsrichter einen Antrag beim Justizminister auf Feststellung der Todesursache ohne Leiche. Ist keine Leiche da, stützt sich die Untersuchung hauptsächlich auf die Beweise der Polizei und die Aussagen der leitenden Ermittler; darauf, für wie wahrscheinlich sie es halten, dass die vermisste Person tot ist.

Bei der Untersuchung zur Feststellung der Todesursache werden die medizinischen Ursachen und Umstände des Todes geprüft. Es dürfen nicht »Einzelne als ursächlich für den Tod beschuldigt oder genannten Einzelnen eine strafrechtliche Verantwortung zugeschrieben werden.«[15]

Die gerichtliche Untersuchung im Januar 2014 endete damit, dass der Untersuchungsrichter auf »Widerrechtliche Tötung« entschied und eine Sterbeurkunde für Andie Bell ausgestellt wurde.[16] Widerrechtliche Tötung bedeutet wörtlich, dass »die Person durch eine ›widerrechtliche Handlung‹ von jemandem getötet wurde«, oder, genauer gesagt, Tod durch »Mord, Totschlag, Kindestötung oder Tod durch gefährliches Lenken eines Fahrzeugs.«[17]

Und damit endete alles.

15 http://www.inquest.uk/help/handbook/7728339

16 www.dailynewsroom.co.uk/AndieBellinquest/report577431 12.01.14

17 http://www.inquest.uk/help/handbook/verdicts/unlawfulkilling

Andie Bell war offiziell für tot erklärt worden, obwohl ihre Leiche nie gefunden wurde. Angesichts der Umstände können wir jedoch davon ausgehen, dass das Urteil bei »widerrechtlicher Tötung« Mord bedeutet. Nach der Untersuchung gab es eine offizielle Erklärung der Strafverfolgungsbehörde: »Der Fall gegen Salil Singh hätte sich auf Indizien und forensische Beweise gestützt. Es steht der Strafverfolgungsbehörde nicht zu, eine Aussage darüber zu machen, ob Salil Singh Andie Bell getötet hat oder nicht; das zu entscheiden, wäre einzig die Aufgabe der Geschworenen gewesen.«[18]

Obwohl es also nie einen Prozess gegeben hatte, obwohl nie ein Geschworenensprecher aufgestanden war und mit verschwitzten Händen und von Adrenalin befeuert erklärt hatte »Die Geschworenen befinden den Angeklagten für schuldig«, obwohl Sal nie eine Chance gehabt hatte, sich zu verteidigen, galt er als schuldig. Nicht im rechtlichen Sinne, aber in jedem anderen, auf den es ankommt.

Fragt man die Leute in der Stadt, was mit Andie Bell passiert ist, antworten sie ohne zu zögern: »Sie ist von Salil Singh ermordet worden.« Kein *vermeintlich*, kein, *könnte sein*, kein *wahrscheinlich*, kein *höchstwahrscheinlich*.

Er war es, sagen sie. Sal Singh hat Andie umgebracht.

Aber ich bin mir nicht ganz so sicher ...

[Nächster Eintrag – wenn möglich nachsehen, wie eine Anklage gegen Sal ausgesehen haben könnte, wäre der Fall vor Gericht gekommen. Dann zerpflücken und durchlöchern.]

18 www.gbtn.co.uk/news/uk-england-bucks-95322345 01.01.2013 14.01.14